北京仲裁
ARBITRATION IN BEIJING

第 **67** 辑　(Quarterly)　No.67

主办：北京仲裁委员会

协办：中国国际私法学会

　　　武汉大学国际法研究所

主编：姜秋菊　姜丽丽　丁建勇　孔 媛

顾问：江 平　王利明　黄 进　宋连斌

　　　郭玉军　邓 杰　吴志攀

编辑部地址：　北京市朝阳区建国路118号

　　　　　　　招商局大厦16层

邮 政 编 码：　100022

电　　　话：　（010）65669856

传　　　真：　（010）65668078

电 子 信 箱：　jiangqiuju@bjac.org.cn

　　　　　　　jianglili@bjac.org.cn

网　　　址：　http//www.bjac.org.cn

图书在版编目（CIP）数据

北京仲裁/北京仲裁委员会编 . —北京：中国法制出版
社，2007.1
ISBN 978 - 7 - 80226 - 735 - 0

Ⅰ. 北… Ⅱ. 北… Ⅲ. 仲裁 - 中国 - 文集 Ⅳ. D925.7 - 53

中国版本图书馆 CIP 数据核字（2007）第 006644 号

北京仲裁（第 67 辑）
BEIJINGZHONGCAI

经销/新华书店
印刷/涿州市新华印刷有限公司
开本/787×960 毫米 16   印张/ 10   字数/ 132 千
版次/2008 年 12 月第 1 版   2008 年 12 月第 1 次印刷

中国法制出版社出版
书号 ISBN 978 - 7 - 80226 - 735 - 0   定价：25.00 元

北京西单横二条 2 号   邮政编码 100031   传真：66031119
网址：http://www.zgfzs.com   编辑部电话：66034242
市场营销部电话：66033393   邮购部电话：66033288

本书所刊载的文章只代表作者个人观点，不必然反映本书编辑部或其他机构、个人的观点，谨此声明！

目
录

仲裁员札记

仲裁动态

征稿启事

Contents

Reading Notes of Arbitrators

Current Development

Notice for Submission

特　载

第三届中国仲裁论坛：深入贯彻仲裁法　坚持商事仲裁正确发展方向

编者按

  中国仲裁论坛由我国著名民商法学家、全国政协委员、中国社会科学院学部委员梁慧星教授倡议发起，以探讨中国仲裁制度发展中的重大理论和实践问题为主要内容。论坛每年召开一次，由于其开放、务实的特点，正逐渐成为仲裁机构、仲裁员、相关领域学者和其他关注仲裁的人士共聚一堂，表达真实意见、坦诚交流观点的重要平台。

  2008年9月25日至26日，由湖南大学法学院承办的第三届中国仲裁论坛在湖南省长沙市召开。来自仲裁实务界和学术界的六十余位代表参加了论坛，并围绕我国仲裁制度的"中国特色"、仲裁收费"收支两条线"、仲裁协会的成立、仲裁机构国有财产的定性、仲裁机构的改革方向等问题进行了深入讨论。本刊此次选登论坛上的部分发言文章，以期更多读者参与分享观点、交流意见、探讨争鸣，共同关注我国仲裁制度发展中亟待解决的问题，促进仲裁制度按照符合仲裁性质的方向健康发展。

梁慧星先生在第三届中国仲裁论坛开幕式上的致词

梁慧星

　　首先请大家允许我以中国仲裁论坛的名义向来自全国各地参加中国仲裁论坛的仲裁实务界、理论界的专家、学者和朋友们表示诚挚的敬意和热烈的欢迎，向承办本次会议的湖南大学党委副书记尊敬的邓频声教授表示衷心的感谢。

　　中国仲裁论坛是关心我国仲裁法制建设和仲裁事业发展，并亲自参与仲裁实践的学者、专家共同发起的学术论坛。其宗旨是搭建一个纯粹民间的学术对话的平台，使仲裁实务界和学术界的专家、学者能够定期的聚会，共同探讨中国仲裁法制建设与仲裁实践中的重大理论问题，相互交流国内外仲裁发展的理论、经验和信息，促进中国仲裁事业的发展。中国仲裁论坛坚持"百花齐放，百家争鸣"的方针，保障各种不同的观点、不同的意见都有平等地发表的机会，各种不同观点、不同理论都得到同样地尊重，都接受来自不同角度的批评和评论。我们在中国仲裁论坛发表的观点可能不同，发表的意见可能相左，但我们参加中国仲裁论坛的目的是相同的，就是坚定不移的坚持解放思想、坚持改革开放、坚持中国特色社会主义道路，坚持从发展中国特色社会主义经济的实际出发，认真总结改革开放以来，特别是仲裁法实施以来仲裁实践的经验和教训，广泛地参考借鉴国外和国际商事仲裁的惯例和经验，促进中国仲裁法制的完善和中国仲裁事业的健康发展，进一步发挥中国仲裁在建设公平正义、民主法制的和谐社会中的独特而重大的作用。

之前，我们已成功地举行了中国仲裁论坛第一次 2006 年的会议和中国仲裁论坛第二次 2007 年的会议，今天举行的是中国仲裁论坛第三次 2008 年会议。第三次会议的主题是研究探讨我国仲裁制度发展的重大理论问题和重大实务问题，以及仲裁法的修改问题、仲裁协会的问题。

女士们、先生们，湖南是毛泽东同志的故乡，著名的岳麓山是青年毛泽东磨砺革命意志的地方，过去常说一句话："这里是红太阳升起的地方。"我们在岳麓山下举办中国仲裁论坛具有更加重大的实际意义，我建议参加中国仲裁论坛第三次会议的朋友会后一定要去攀登岳麓山，留下一段美好的记忆。最后，预祝我们中国仲裁论坛第三次会议取得圆满的成功。

费宗祎先生在第三届中国仲裁论坛上的发言

费宗祎

我们中国仲裁论坛每年召开一次会议，今年是第三次，这几年论坛的工作是很有作为的，而且是很有意义的，因为现在我们中国的仲裁已经到了发展的关键时刻。

关于中国仲裁的发展，大家知道，我国五十年代已有国际经贸仲裁了。但在改革开放以前不要说仲裁了，就连司法工作在民商事方面也是不太起作用的。八十年代初期，有些单行法律规定某些行业的经济纠纷由行政机关调处。什么叫调处，就是行政机关以行政手段调解处理民商事纠纷。行政处理成为解决民商事纠纷的第一道手续。随着改革开放，这种方式已不能适应纠纷处理的需要了。

从80年代初开始，国务院开始起草经济合同仲裁条例。这种仲裁在当时是模仿了前苏联的模式。在这种模式下设计的仲裁程序基本上是民诉法的翻版。这种仲裁既不以当事人达成协议为前提，也不让当事人选定仲裁员。这种模式经过一段时间的试验看起来是失败的，很多单位、当事人都反映这与诉讼一审差不多，并且比诉讼还多了一道审理程序，一裁两审。同时，仲裁员既是工商局行使行政权力的官员又是解决纠纷的仲裁员，一身二任，作出的裁决公信力比较低。这个阶段，各部门纷纷建立了下属的仲裁机构如房地产、科技等等方面的仲裁机构，这些机构都开始行使司法机关解决民商事纠纷的权力。

　　正是为了解决行政机关纷纷建立自己的仲裁机构，仲裁行政化、不统一的问题，所以国家才开始建立起我们现在称之为"中国的仲裁法律制度"。为了形成我国统一的仲裁体制，我们参考了我国国际经济贸易仲裁的经验以及国际商事仲裁的通行做法，引入了国际仲裁一些基本原则如以当事人的仲裁协议为其管辖权的依据、当事人有权选择仲裁员、仲裁不公开审理、仲裁实行一裁终局。在此制度的建立过程中，遇到了一个困难，在中国商会尚未形成的情况下如何建立仲裁机构？从中国现实情况出发，只能借用政府的力量来组建仲裁机构，但是很重要的一点是仲裁法规定了仲裁机构的组建依靠政府力量，设立以后机构要独立，要和行政机关脱离。

　　仲裁法颁布十三年以后，现在仲裁机构的现况是怎样的呢？现在，我国仲裁发展突出的特点是各地都成立了仲裁机构，全国不下二百家，这其中有多少家仲裁机构能够独立的发挥作用呢？这是一个问题。现在我国仲裁应当向什么方向发展，是否真正贯彻了我国仲裁法的相关制度，这就是我们现在必须研究与考察的问题。

　　我国商事仲裁法律制度不单单是实践方面的问题，理论上也出现了很多争议，比如说中国的商事仲裁到底是个什么性质？我们原来说仲裁是由当事人授权，由非行政机关以及非行政官员来解决民商事纠纷的，并由法律赋予其法律效力。仲裁实施的到底是种什么样的权力？现在有人提出来，说仲裁实施的是公权力，公权力是什么呢？无非就是行政权、司法权。如果实施的是公权力它就代表国家机器。那么我国的仲裁机构代表什么？有人说是民间组织，民间机构，又有人说不是，仲裁机构不是完全民间的，应当是国家行政机关的下属机构或者是变相的下属机构。

　　去年我就提出来中国仲裁必须有自己特色，什么是中国社会主义的仲裁特色？有人说中国仲裁的特色就是党的领导，政府的支持。我认为，政府的支持不等于是中国的特色。世界各国仲裁制度的设立与仲裁的发展都得到了政府的支持。八十年代末与九十年代初，我当时参加与泰国的司法协助谈判，当时他们要求写上仲裁方面的相互协助。当时泰国还没有仲裁机构，所以我就问了，你们还没有仲裁机构如何由仲裁解决，他们回答说泰国司法部正在组织、支持仲裁机构的设立。再比如说中国香港特区政府也是非常支持仲裁的，香港国际仲裁中心在香港最繁华的商业地段的办公用房是香港政府以每年一港元的对价租给它的，这就是典型的优惠的实际的政府支持！内地的仲裁机构在组建时无疑大部分都得到了所在地政府的支持。但是内地仲裁机构的问题是在仲裁机构上面有"婆婆"，即机构上面是有人管着的；也有人讲这种"管"不是管理是支持与协调，但大家也看得明白，名义上是协调，实际上这个"婆婆"比谁都管得宽，仲裁机构的人财物都要管，比管自己的下属机构都管得紧。甚至是这个婆婆的主事者直接兼任仲裁机构的办事机构的负责人，有的还直接担任仲裁员办案，这不能不说是非常严重的问题了！我想，仲裁的行政化和政府的支持不能混为一谈，政府的支持也不是中国仲裁的特色。中国商事仲裁的特色，我以为可不可以有这么几条：仲裁为民，以和为贵，调裁结合，案结事了。对不对，可以讨论。

现在，有的人提出中国的仲裁举什么旗？走什么路？我们现在在这里谈的仲裁是商事仲裁，不是泛泛而言的仲裁，而是仲裁法中规定的仲裁，不包括劳动仲裁、农村土地承包仲裁等等方面。现在国务院已开始着手建立农村土地承包仲裁。我曾到过比利时，他们有仲裁法院，他们国家设有各类法院如劳动法院等分别管理各种类型的案件，其仲裁法院是专门处理各种法院之间在管辖方面的争议的，这也不是商事仲裁。

我们这个论坛是百家争鸣，现在问题就是有人很害怕我们这个论坛，这是非常奇怪的！这更是没有必要的！毛主席曾讲："让人讲话，天塌不下来。"不要害怕，有理不用怕人讲话，我们在这里讨论是为了认真地、没有偏见地解决一些问题。我们这次讨论对修改仲裁法是有利的。

我的讲话就到这里。谢谢大家。

我国仲裁"特色"之浅析

罗应龙[*]

笔者以为，我国仲裁的"当务之急"，并不是什么"推进仲裁协会的成立"，而是要办好两件事：一是，依据《仲裁法》和党中央、国务院的有关规定，理顺仲裁机构与行政机关的关系；笔者去年有拙文《仲裁机构与行政机关的关系》作过专议，不再重复。二是，依据党的十七大精神和《仲裁法》的法意，厘清什么是我国仲裁之社会主义"特色"；这是一个需要作深层次研究的理论问题，但以笔者的学历和知识，还作不了理论研究。因此，本文只能以己之所见所闻，试就我国仲裁之"特色"，作一些粗浅分析、讲一些粗浅意见。

一、中国特色社会主义理论与仲裁

"中国特色社会主义仲裁"，是近几年有关仲裁要"举什么旗、走什么路"的争论中使用频率最高的词组；这一词组，又涉及到何为"特色"、主要是何为我国仲裁之社会主义"特色"等诸多问题。因此，这个问题需要从四个方面来看：

1. "特色"之概念。"特色"一词中之所谓"特"，首解当为"独"；《庄子·逍遥游》有"而彭祖乃今以久特闻"之语，这里的"特"就是"独"，

---

* 原兰州市政府法制办副主任、兰州仲裁委员会副秘书长。

是说帝尧属臣彭祖（名铿）活了八百岁，独以长寿闻名于世；也就是说，别人没有而自身独有的，是为"特"；与"特"搭配组词的所谓"色"，则可当"品类"或"征象"来讲，如《庄子·盗跖》之"色若死灰"和"车马有行色"语中的"色"，就是"征象"，是说跖之兄柳下季从孔子外出归来的面部表情和车马迹象，看出其出门去见过跖。由此可见，所谓"特色"，就是指某事物或某区域表现出来的区别于其他事物或区域的、自身独有的显著征象和标志。

2. 中国特色社会主义理论的形成、发展和内涵。恩格斯说："伟大的阶级，正如伟大的民族一样，无论从哪方面学习都不如从自己所犯错误的后果中学习来得快。"（《马克思恩格斯选集》第四卷第285页）中国特色社会主义理论，正是我们党在认真总结社会主义建设正反两个方面经验、特别是"人民公社、大跃进"和"文化大革命"这两次重大失误严重教训的基础上，形成和发展起来的。

党的十一届三中全会之后，邓小平同志最先构思和设计了建设有中国特色社会主义的理论框架，并于1982年9月在中共十二大开幕词中明确提出"走自己的道路，建设有中国特色的社会主义"。经过近30年的发展和党的十三大以来历次代表大会的不断总结，党的十七大对中国特色社会主义道路的内涵作出了最全面、最明确的概括："中国特色社会主义道路，就是在中国共产党领导下，立足基本国情，以经济建设为中心，坚持四项基本原则，坚持改革开放，解放和发展社会生产力，巩固和完善社会主义制度，建设社会主义市场经济、社会主义民主政治、社会主义先进文化、社会主义和谐社会，建设富强民主文明和谐的社会主义现代化国家。"对凝结了几代中国共产党人智慧和心血的"中国特色社会主义理论"给出了最权威、最科学的定位："中国特色社会主义理论体系，就是包括邓小平理论、'三个代表'重要思想以及科学发展观等重大战略思想在内的科学理论体系。"这个理论体系"是马克思主义中国化最新成果"。

3. 中国特色社会主义理论与仲裁。党的十七大精神表明：高举中国特色社会主义伟大旗帜，最根本的就是要坚持中国特色社会主义道路、坚持中国特色社会主义理论体系；"中国特色社会主义道路"是促进我国经济社会和人的全面发展中必须坚持的最正确的道路，"中国特色社会主义理论"是发展中国特色社会主义新时期、新形势下指导全国各族人民思想的理论基础；各行各业一切事业，都必须要长期坚持和不断发展中国特色社会主义道路和中国特色社会主义理论体系，在这一伟大旗帜指引下不断促进本行业本事业永续发展。因此，作为我国社会主义伟大事业重要组成部分的仲裁事业，其发展当然必须在中国特色社会主义伟大旗帜指引下进行，绝不能偏离中国特色社会主义道路和中国特色社会主义理论体系。

4. 我国仲裁之"特色"。应该说，仲裁具有一个本质属性——民间性；两个组织特征——非营利机构、中介机构；三个工作实质——以国家仲裁法律制度为保障、用当事人的明确授权、对民商事纠纷进行居中裁断。如果仅从这"一二三"、特别是"居中裁断"含义的技术层面来看，"仲裁"本没有社会主义还是资本主义之分，而且我国社会主义经济建设和发展的姓"社"还是姓"资"的问题，早在《仲裁法》立法之前、邓小平同志健在的时候就解决了；但是，我国仲裁制度是中国特色社会主义制度下的一项法律制度，因此仲裁必须适应并服务于中国特色社会主义经济建设和永续发展；而如何"适应"和"服务"，则是仲裁之社会主义"特色"的体现所在。笔者认为，这可能就是提出"中国特色社会主义仲裁"概念之由来。

关于我国仲裁之"特色"，应该说党和国家经过总结党的十一届三中全会之后改革开放的经验，在《仲裁法》和相关法规性文件中作了切合实际、符合国情的表述和体现。至少有七个方面：

一是，仲裁机构与行政机关及仲裁机构之间的关系由法律规定。

《仲裁法》第六条规定："仲裁不实行级别管辖和地域管辖"，第八条规定："仲裁依法独立进行，不受行政机关、社会团体和个人的干涉"，第十四条规定："仲裁委员会独立于行政机关，与行政机关没有隶属关系。仲裁委员会之间也没有隶属关系。"国家通过立法，用特殊的法律语言来规定"仲裁"的去行政性和独立性，并对仲裁的管辖、仲裁机构与行政机关及仲裁机构之间的关系等作出明确的法律界定，这在国外、境外的仲裁立法上很可能是没有的，因为国外、境外、尤其是西方国家不存在这方面的问题（请恕笔者的资料量非常有限，下同），所以说这无疑是我国仲裁之"特色"之一。

二是，仲裁机构的设立地域、原则和程序由法律规定。《仲裁法》第十条对仲裁机构的设立地域、设立原则和设立程序作了明确具体的规定。由国家法律对哪些城市可以设立仲裁机构及其设立原则和设立程序作出具体规定，这在国外、境外、尤其是西方国家的立法中恐怕很难见到；所以，这也应该是我国仲裁之"特色"之一。

三是，中国仲裁协会的设立及其法律地位、机构性质和主要职责由法律规定。《仲裁法》第十五条对中国仲裁协会的设立及其法律地位、机构性质和主要职责作了专门规定。由国家法律规制仲裁协会，这不仅在国外、境外的仲裁立法上难以见到，而且在我国其他行业协会的规制上也属罕见；因此，这当然是我国仲裁之"特色"之一。

四是，政府在仲裁上的职责、义务由法律和中央政府规定。《仲裁法》第十条第二款规定：仲裁委员会由设立地的"市的人民政府组织有关部门和商会统一组建"；国务院办公厅 1995 年 8 月 1 日"国办发〔1995〕44 号"印发的《重新组建仲裁机构方案》，对这一法律规定作出了具体的实施性规定："第一届仲裁委员会的组成人员"由政府法制等有关部门和相关商会等组织协商推荐、"由市人民政府聘任"，"仲裁委员会设立初期，其所在地的市人民政府应当参照有关事业单位的规定，解决仲裁委员会的人员编制、经费、用房等。仲裁委员会应当逐步做到自收自支。"并指出《重新组建仲裁机构方案》"借鉴"了"国外的有益经验"；此外，国务院办公厅还在国办发"〔1994〕99 号"和"〔1995〕38 号"关于做好重新组建仲裁机构工作的通知等法规性文件中明确规定：重新组建仲裁机构地的省、市政府"确定一名政府领导同志负责这项工作"。这都是政府在仲裁上应尽的职责和义务。由法律和中央政府对政府在仲裁上应尽的职责和义务作出具体规定，这在国外、境外、尤其是西方国家也是很难见到的；因此，这应该也是我国仲裁之"特色"之一。

五是，法律规定只实行机构仲裁。早在 1985 年 12 月，就有过时为深圳特区经济贸易律师事务所主任的徐建和另两名律师设"仲裁庭"、"开庭"两个小时就"搞定"两家公司的违约赔偿的案例；这一基本具备"临时仲裁"要件的仲裁，被人们称之为"中国民间第一裁"（2008 年 6 月 15 日《南方都市报》）。1994 年 8 月公布的《仲裁法》，虽然没有明文禁止临时仲裁，但只规定了我国实行机构仲裁,而没有给"临时仲裁"以法律地位;法律这样规定,是我国国情和仲裁制度改革的进程等实际状况所决定的。"临时仲裁"在国外、境外司空见惯,而《仲裁法》根据我国国情和仲裁实际只明文规定实行机构仲裁,这当然也是我国仲裁之"特色"之一。

六是,法律确立了仲裁调解制度。《仲裁法》虽然没有支持"临时仲裁",但第五十一条确立了机构仲裁中的调解制度、设计了调解程序;这种既有仲裁制度优势、又有调解制度长处的仲裁与调解相结合的仲裁模式,已经在国际上引起广泛关注并被称之为"东方经验";因此,毫无疑问这肯定也是我国仲裁之"特色"之一。

七是,法律和中央政府没有规定仲裁工作的行政主管部门或具体管理机关或"挂靠"机关。

《仲裁法》和中央政府只是对政府和有关行政机关在"重新组建""第一届"仲裁机构及其"设立初期"的职责、权限、义务和相应工作程序作了规定,而没有规定仲裁工作的行政主管部门或者具体管理机关或者"挂靠"机关,这在我国专门法(无论是实体法还是程序法)立法上,也是少有的。因此,仅就立法层面来看,也有其"特色"可点——仲裁是一项并不需要"行政婆婆"的社会主义民间事业!

二、"特色"名义下的仲裁怪圈

符合我国国情、切合仲裁实际的《仲裁法》,为中国特色社会主义仲裁事业的永续发展创立了基本制度、开辟了前进道路,我国仲裁事业因之而有了有目共睹的长足发展、取得了有史可鉴的丰硕成果。但是,在同一个法律起跑线上组建、发展起来的各地仲裁机构,近年来凸显出了体制、机制和业绩上的明显差距,仲裁的一些决策主事者产生了认识上的偏差,出现了理论上的"二次创业"、体制上的"行政管制"、工作上的"法制掌控",随之便有了"特色"名义下的种种怪圈,而且这些"怪圈"已经成为阻碍仲裁事业发展和体制改革的潜流暗礁。仲裁"怪圈"主要表现在六个方面:

1. "特色"被曲解。仲裁事业的有些主事者,将我国仲裁之社会主义"特色"当作了一种维护权威、保护利益的"工具",予以了令人啼笑皆非的庸俗曲解。其实质表现至少有三：

一是，对外把"特色"当作"伞"。这把"伞"对法律正义有着极强的"抵抗力"——对来自"圈子"之外、不符合"圈子"口味的任何意见建议，特别是对"圈子"的明显违法行为提出的批评意见，一概堂而皇之地以所谓"特色"挡之门外。比如对仲裁与国际接轨、进一步提升我国仲裁之国际地位的主张，立马批为"西化"并以"坚持中国特色社会主义仲裁道路"为由而挡之；对国家机关官员在仲裁机构兼职、接任等违法行为，则作为"特色"、曲解成"是否兼职、如何兼职是仲裁机构规范化建设问题"，拒不纠正。

二是，对内把"特色"当作"筐"。这只"筐"什么都装——只要"用得着"，没有什么不能进这只"筐"而美其名为仲裁之社会主义"特色"的！比如，作为一种被动性中介行为，仲裁本不适用作为主动性行为的"营销"和"推行"，因为仲裁程序的启动在于当事人的事先约定、授权和事后申请，所以对任何一个仲裁机构来说，"仲裁"只能是被动所为而不能是主动所为；但"仲裁经济"和"努力借助行政手段"来"营销仲裁"、"推行仲裁"等等，却被当作"特色"装进这只"筐"；还有一年到头接二连三的会议如分片会、区域会、联络会、协调会、调研会、学习会、座谈会、紧急会、传达会、汇报会、负责人会，以及给不出会议名称的会，大多有"讲话"或"讲话传达"、要形成"指导方针"或"指导意见"并"纪要"在案，其"座谈会"竟能"确定"我国仲裁的"发展方向"和"工作方针"！如此"会议现状"，也被自夸炫耀为"仲裁特色"而装进这只"筐"。

三是，以集三权于一身为"特色"。仲裁界有些人一屁股占了三个都有实权的位子，从而集国家机关官员（或直接接任仲裁职务的退休官员）、仲裁机构实际掌权人、"亲自"专办大案的仲裁员（或只指定自己圈内的人为仲裁大案的首席仲裁员）这样三重角色于一身；这些人与普通仲裁员和大多数一般仲裁工作人员之间，无论是政治权利、身份地位还是经济收入，明明已经形成了鲜明的反差和很大的矛盾，但却振振有辞地说这是立足"国情"、符合"实际"、工作"需要"的仲裁"特色"，并没有把仲裁"行政化"云云。这种曲解仲裁"特色"的行为，使人不由地想起民间一个形象描述；"挂着羊头，卖着狗肉，数着票子，悠哉悠哉！"——确有某种相似之处啊！

2. 法律被排挤。在近几年关于仲裁"民间化"还是"行政化"的争论中,有个非常奇特的现象:公开主张仲裁"民间化"的人们坚持以《仲裁法》说事,而公开或不公开地反对仲裁"民间化"的人们则好像有意规避《仲裁法》;例如在据称对会议成果"无论怎么估计都不过分"的"珠海会议"上产生、具有所谓"精神纲领"意义、明确提出"参照公务员法管理"这一核心"纲领"的《关于其他设区的市仲裁机构发展工作意见(讨论稿)》,其"指导思想"中竟然没有《仲裁法》的位置!在联系、指导和"管理"仲裁上,虽然不多但"影响力"极大的一些反对仲裁"民间化"的文章和虽然量大但说词一律的网上帖子、以及有些官员的讲话,都很少提及《仲裁法》,就是提及也只是一笔带过而基本不引用具体条文,但却把一些法律地位都不明确的"会议"及其形成的与法向悖的"精神",挂在嘴边喊的震天价响、付诸实施不遗余力地推,其结果是排挤了法律。仅举三例:

一是,排挤了法律关于仲裁发展宗旨的规定。仲裁的发展方向和工作方针,取决于仲裁的发展宗旨;关于我国仲裁事业的发展宗旨,《仲裁法》第一条规定的是以"公正、及时地仲裁经济纠纷"来"保护当事人的合法权益,保障社会主义市场经济健康发展"。但 2000 年 7 月"长沙会议"提出的用行政权力"推行仲裁制度是根本、融入市场经济是关键",却被仲裁主事者们作为我国仲裁的"发展方向"和"工作方针"大肆宣扬、积极推行;这种自设的"发展方向"和"工作方针",很明显地排挤了法律对仲裁发展宗旨的相关规定。

二是,排挤了法律关于仲裁体制关系的规定。《仲裁法》第六条、第十条和第十四条,对仲裁的管辖、仲裁机构及其设立原则和设立程序、仲裁机构与行政机关及仲裁机构之间的关系作出了明确规定,并规定仲裁机构"不按行政区划层层设立"。但 2007 年 11 月的"珠海会议",出台了"3/4 多数论"、"穷人富人论"、"资本仲裁论"和"精神纲领论"等"理论"指导下的《关于其他设区的市仲裁机构发展工作意见(讨论稿)》,提出了仲裁机构"参照公务员法管理"的体制主张和在全国所有其他设区的市设立仲裁机构及"其他设区的市的仲裁机构在所辖县、市、区及重点行业中设立分支机构"的机构设置目标,并特意解释说这是"加强对仲裁办事机构的规范化建设";这些主张，显然是公开排挤法律关于仲裁体制关系的相关规定。

三是，排挤了法律关于仲裁协议的规定。《仲裁法》第十六条第一款规定："仲裁协议包括合同中订立的仲裁条款和以其他书面方式在纠纷发生前或者纠纷发生后达成的请求仲裁的协议。"但很多政府法制部门不惜动用行政权力，通过单独和联合发文、开会和"监督检查"等诸多方式，明确规定合同当事人必须预先约定或"仲裁"或"诉讼"的争议解决方式，而且或公开要求或强力暗示约定仲裁的必须要"选择"本地仲裁机构；这样，法律关于"以其他书面方式"在"纠纷发生后达成的请求仲裁的协议"的适用规定，就被排挤出去了。

3. 概念被改换。既坚持科学社会主义基本原则、又根据我国实际赋予其鲜明的中国特色，这就是"中国特色社会主义"；其核心要件之一，是"立足基本国情"、切合我国实际。而所谓"国情"，笔者认为一般是指我国某一事物在历史发展中形成的具有传统性、普遍性、规律性、独特性的实际情形。但仲裁界有些人却肆意改换了这些常识性的最基本的概念，而给仲裁"特色"生出了一些含糊不清、云里雾里的"说词"。这方面至少有三种情况：

一是，以局部"实情"替代"国情"。有人将所在市的"市情"、仲裁委的"委情"甚至某些个人的"个情"改换为"国情"，以某些市、某些仲裁机构甚至某些个人的具体条件、实际状况和目的意愿来替代"国情"，并以此为据而断言"民间化不符合中国国情"。

二是，将仲裁机构与国家机关和有关组织相类比。有人将仲裁机构与"人大"、"政协"等机关和"工商联"等组织相类比，力图争取与这些机关和组织相同的"法律"地位；如此类比的实质，是改换了不同组织机构在类别性质上的法律概念。

三是，将仲裁机构和国家司法机关、行政机关混为一体。有人竟然无视《宪法》和法律，信口开河地说"仲裁机构既是司法机关，又是行政机关"，仲裁民间化"既无法理，又无情理"等等；这种说法的实质，是改换了《宪法》和法律规定的国家机关的本质属性概念。

4. 本质被混淆。众所皆知，国人多怕上纲上线、政治大棒。而仲裁界有些人好象抓住了国人的这一特殊心理，便或明或暗地把仲裁"行政化"与社会主义"特色"划上等号、将仲裁的本质属性"民间性"与"资本主义"和"私有化"绑在一起，从而在不经意间便混淆了中国特色社会主义仲裁的本质属性，并为这种"混淆"行为配备了具有"大棒"功能、国人戴了就会头痛的"礼帽"或者具有"礼帽"功能、国人闻之就要毛骨悚然的"大棒"。仅举五例：

一曰"西化"。在肯定"存在着重大分歧"和"分歧的焦点集中在对民间化和行政化的认识上"这一前提下，说什么"一种观点是建立具有中国特色社会主义的仲裁制度；另一种观点是中国仲裁应当走西方国家仲裁的发展道路，实行民间化"；且不说人们尚不知道这个"中国仲裁应当走西方国家仲裁的发展道路"的"另一种观点"出自何处，但这种表述却将"中国特色社会主义仲裁"与"行政化"划了等号，而将符合《仲裁法》立法本意的仲裁"民间化"与"西化"归为同类、把主张仲裁民间化的人们列入了"西化"的"另册"，而"西化"的含义所指则是"不要社会主义"！

二曰"不要党的领导"。说什么"一种观点认为应该坚持党的领导……；另一种观点认为应当完全独立自主，甚至实行企业化管理"；按照汉语文的通常使用惯例来看，这种句型排列和语言表述的潜台词和言下之意，"另一种观点"就是"不要党的领导"！

三曰"脱离政府，忘恩负义"。断言"民间化"就是"私有化"、就是"无政府主义"，说坚持仲裁"民间化"的仲裁机构是"翅膀硬了"就"过河拆桥"、"脱离政府"、"忘恩负义"等等。

四曰"钱字当头，瓜分仲裁收入"。对仲裁业绩显赫、为国家贡献大、主张依照《仲裁法》实行仲裁"民间化"的一些仲裁机构负责人无端指责，说人家是"钱字当头"、"为了瓜分仲裁收入"云云。

五曰"国有资产流失"。把仲裁机构组建初期政府给予的资金和物资扶持曲解为政府"获利、增值"的"投资"，不管不问仲裁是否按照《仲裁法》确定的中国特色社会主义仲裁道路发展，而只是空洞地声言"坚持资产的公有制并保值增值"，大讲"民间化"是"财产私有化"、是"个体户合伙"、是"为了瓜分国有资产"，说什么"民间化"必定会造成"国有资产流失"，等等。

5. 机构被设滥。如前所述，仲裁界有些主事者无视《仲裁法》对设立仲裁机构的"可以"这一法律用语，不顾实际情况和具体条件，在仲裁机构体制建设方面公开表达"其他设区的市"都要设立仲裁机构和这些机构设立分支机构的意图，并不遗余力地推广于法无据的"参公管理"体制。这个"怪圈"有四个实际情况：

一是，机构"遍地开花"。全国80%以上其他设区的市，近年来雨后春笋般地成立了仲裁机构并在其市辖县、市、区及重点行业设立了分支机构，但很多机构因组建上的"先天发育不足"和发展上的"后天营养不良"，陷入了"哀则哀亦，而难为继也"的境地。（《礼记·檀弓上》）这些机构的管理体制，大致有六种形式：第一种是，由所在地政府法制部门联系但基本具备了实行"民间化"条件的；虽然是少数但却代表了我国仲裁发展的希望、方向和未来。第二种是，列为政府直属事业单位由所在地政府直接管理的；这种情况较少。第三种是，由所在地政府办公厅归口管理的；这种情况很少。第四种是，由所在地政府法制部门直接管理的；多实行一套班子两块牌子或者干脆与法制部门合署办公，法制部门的主事者同时是仲裁机构的主事者，仲裁机构的人事、财务、仲裁事务和首席仲裁员的实际确定权均由法制部门的主事者掌控，这种情况为多。第五种是，设在省会市的仲裁机构在省内其他设区的市设立分会的；这种情况已有蔓延趋势。第六种是，仲裁主事职务随人走的；即所谓"仲裁职务私有化"，是指法制部门领导人在仲裁机构兼任实职的，其工作职务调整到哪里、原在仲裁机构兼任的职务便被带到哪里，如果退休了就直接接任仲裁职务，这种情况虽少但却是近几年来出现的具有苗头性、代表性的新情形。

二是，推广"参公管理"。根据有关法律、法规和国家相关政策规定，事业单位实行参照公务员法管理体制的，必须同时具备五个基本要件：其一，依法成立、占事业编制、具有管理社会公共事务的职能；其二，法律、法规授权执法，或行政机关依法委托执法；其三，适用公务员管理的法律、法规、规章和相关纪律规定；其四，除有法律、法规依据并经有关机关依法许可收取行政事业性收费、其收费全额上缴财政外，不得有其他任何收费收入；其五，单位不得"以权创收"、工作人员不得兼职谋利。据此，仲裁机构能不能实行参照公务员法管理的体制，就非常清楚了！① 但有些仲裁主事者，对某些地方虽实际存在但于法无据、不具备"参公"要件的"参公管理"体制，硬是贴上"立足国情、符合实际"的社会主义"特色"标签、作为仲裁体制机构的"典范"和"经验"，不遗余力地予以推介。

三是，任意创设制度。在仲裁管理体制和机构设置方面，有个令人难解的奇妙现象——被一些仲裁主事者弹冠相庆的职位和津津乐道的制度，却没有任何法律、法规依据！比如，按照地域划出仲裁联系管理的"分片区域"，或者根据城市类型分别规定仲裁工作各种会议的召开范围；与之同时，确定"分片"或者"分类"的"联络方式"，任命"分片联络人"、"会议召集人"、"区域协调人"、"牵头负责人"等等。这种行为，名为"分类指导"、看似"推动工作"，但其实质却是仲裁主事者们在法外创设体制性制度、自己为自己设定行政权力。从我国历史上看，除战争状态下，平时能随意建个什么制度、随口授个什么头衔、随便封个什么职位的，只有两种人可以为之：一是皇帝，一是山大王。而作为新时期、新形势下的行政官员，怎么能在非常严肃的仲裁管理体制和机构设置上如此随意呢？

四是，滥用行政权力。所谓"滥用行政权力"，是指行政机关行使了没有法律、法规、规章依据的权力或者将依法应当用于甲事物的权力擅自用于乙事物；而在仲裁上与"滥设仲裁机构"联袂的，恰恰就是"滥用行政权力"。比如，《仲裁法》和中央政府只是对仲裁机构所在地的政府及其法制部门在

---

① "参公管理"的单位，都是通过法律、法规授权或者行政机关依法委托"承担行政职能的事业单位"。关于这类事业单位的设立，去年以来中央有两个重要文件作了更为明确的规定。一是，中共中央办公厅、国务院办公厅 2007 年 3 月 15 日印发的《关于进一步加强和完善机构编制管理严格控制机构编制的通知》（厅字〔2007〕2 号）中明确规定："除法律法规和党中央、国务院有关文件规定外，各地区各部门不得将行政职能转由事业单位承担，不再批准设立承担行政职能的事业单位和从事生产经营活动的事业单位。公益服务事业发展需要增加事业单位机构编制的，应在现有总量中进行调整；确需增加的，要严格按照程序审批。"二是，中共中央、国务院 2008 年 3 月 3 日印发的《关于深化行政管理体制改革的意见》中明确规定："深化行政管理体制改革要以政府职能转变为核心。加快推进政企分开、政资分开、政事分开、政府与市场中介组织分开，把不该由政府管理的事项转移出去，把该由政府管理的事项切实管好，从制度上更好地发挥市场在资源配置中的基础性作用，更好地发挥公民和社会组织在社会公共事务管理中的作用，更加有效地提供公共产品。"

"组建""第一届"仲裁机构和仲裁机构"设立初期"的职责、义务和权限作了明确规定，但仲裁机构所在市的政府法制部门在牵头完成"组建""第一届"仲裁机构的任务后，便将仲裁机构作为自己的直属或合署机构、紧紧抓住其管理权不放手，对仲裁机构行使没有任何法律、法规、规章依据的全方位行政管理权，并从第二届开始，除了有一个形式上的"换届大会"外，将新一届仲裁机构的组成改为"法制部门报请市政府任命"制；更有甚者，设在某省会市的仲裁机构在省内其他设区的市设立分会，该省会市政府法制部门报请省会市政府用红头文件"通知"分会所在地市政府的副巡视员为省会市仲裁委的"副主任"、法制办主任为省会市仲裁委的"副秘书长兼分会秘书长"；这种作法，从隶属关系、管辖权限和组织程序上看都非常错误，从运作方式上看也颇为滑稽。

6. 角色被错位。在仲裁界，各种角色被人为错位却被贴上"特色"标签的现象很是严重。主要表现在四个方面：

一是，机构错位。如从权力渊源、职责权能、机构性质、责任义务、工作程序、行为规范等各个方面来看都有着本质区别的民间仲裁机构和政府法制部门，却实行"一套班子两块牌子"或者"合署办公"的体制，这就使两个性质完全不同的机构相互之间完全错位了。

二是，主业错位。如有些仲裁机构在"仲裁经济"思想主导下，花很大气力去搞与仲裁无边可沾的什么"房地产开发"；有些法制部门则在利益驱动下，以主要精力抓仲裁而对法制工作得过且过，结果是"种"了仲裁的兼职"田"而"荒"了法制的本职"地"。

三是，职务错位。如"兼职"、"接任"和仲裁主事职务由兼职者走哪带哪等等，实质上就是"职务错位"并已造成严重后果。

四是，人员错位。如由国家机关官员兼职把持和由退休官员直接接任把持的一些仲裁机构，形成了兼职或接任官员与仲裁机构专职工作人员之间"兼职的管事不干事、专职的干事不管事"的严重错位。更为可恶的是，有些主事者背离《仲裁法》和中央政府的相关规定、不顾实际情况和具体条件、极力"忽悠"成立仲裁机构并随意进人，及至到了仲裁机构难以为继和仲裁改革的关键时刻，便以"立足实情"、"切合实际"和"工作人员的生活着落"等所谓"理由",反对仲裁民间化;其实质,是把做实际工作的普通仲裁工作人员当作了阻挡甚至要挟仲裁民间化改革的"人质"和"筹码"。

三、亟须进一步明确的几个原则问题

将以前从苏联老大哥那里学来的行政仲裁制度改革为《仲裁法》确定的民间仲裁制度,需要一个体制性转换过程;这个过程对长期习惯了"一切依靠行政权力"的人们来说,是一个非常痛苦和艰难的过程,因此有这样那样有关个人前途命运的认识和想法既不可避免、也可以理解。但是,这不能成为规避《仲裁法》实施、阻碍仲裁改革的理由!而且,"特色"名义下的种种仲裁怪圈,既迫使仲裁不得不再次进行体制性改革,又为仲裁再次进行体制性改革埋下了极大障碍,国家也必将为再次进行仲裁体制性改革付出更加昂贵的成本代价!因此,为了坚决纠正"特色"名义下的种种"怪圈"、确保我国仲裁事业的永续发展,当前亟须进一步明确五个原则问题:

1. 必须准确表述我国仲裁之"特色"。"特色"是事物发展过程中表现出来的独有征象标志和对这种独有征象标志的科学概括和总结,容不得人们"突发奇想"地去随意"创造"。如前所述,我国仲裁之社会主义"特色"已经在《仲裁法》和中央政府的有关规定中有了初步体现;而且我国仲裁事业是在中国特色社会主义伟大旗帜指引下,随着经济的发展而发展的,其社会主义"特色"因之而必然会在自身的发展和为经济建设的服务中不断体现。那么,就目前状况和可以预见的发展前景来看,究竟如何对我国仲裁之社会主义"特色"作进一步的准确表述?这一内涵的主要内容是什么?则应当像"中国特色社会主义道路"和"中国特色社会主义理论体系"那样,只能由中央政府统一作出概括和由国家法律和行政法规统一作出表述,而决不能允许地方甚至个人自由理解、随意解释!——对我国仲裁之社会主义"特色",从理论研究和学术探讨的角度去自由理解并提出个人解释,是无可厚非的;但如果将这种"理解"和"解释"用于指导、"管理"和"领导"仲裁,甚至作出虽不明言但却实质暗示"一法两制"、"一仲两制"或"一地一制"之类意图的荒谬解释,就大错而特错了!这不但会造成误导甚至阻碍仲裁事业发展的严重后果,也是《宪法》确定的国家政体和法制统一原则所绝对不允许的！

2. 必须坚决维护《仲裁法》的尊严。法律尊严不容亵渎，这是世人皆知的"刚"性道理。笔者认为，我国仲裁界目前存在的问题和争论，关键在于管理体制、核心在于民间化还是行政化、根源在于对待《仲裁法》的态度；说白了，就是要不要坚决维护《仲裁法》尊严的问题，这是一个非常严肃、非常重要的原则问题。我国仲裁界之所以能在"特色"的名义下平空生出种种"怪圈"，固然有各方面的诸多原因，但其根源性的原因则是《仲裁法》的尊严没得到应有的尊重和维护——法律归法律、做法归做法，法律奈何不了做法！这种现象，绝不能允许其存在下去了！这就需要整个仲裁界和相关各方共同来坚决维护《仲裁法》的尊严；当然，制定于 14 年前的《仲裁法》确有一些规定现在已经不能适应仲裁事业的发展而需要进行修改和补充完善，但这绝对不能成为规避法律甚至不执行法律的理由，更不能成为不尊重法律甚至对抗法律的理由！因此，所有仲裁事务都必须坚决执行《仲裁法》规定的原则、制度和规范；我国仲裁之社会主义"特色"当然要坚持、仲裁发展当然要符合国情、切合实际，但其前提是必须坚持《仲裁法》和党中央、国务院规定的法律制度和相关原则，在指导仲裁事业发展上讲"国情"、谈"实际"、论"特色"、说"市情"等等，都必须限定在党中央提出的中国特色社会主义理论原则和《仲裁法》设计的仲裁法律制度框架之内。

3. 必须对仲裁机构的财产属性予以准确定位。有些仲裁主事者冠冕堂皇地反对仲裁民间化的主要理由之一，是仲裁机构的财产属性及所有权问题。这本来根本不是问题，要说是也至多是个假问题、伪问题，甚至可以说担心仲裁机构"国有资产流失"是假、以此为由维护自己已经到手的"集三重角色于一身"的地位是真！

财产的属性随其主人的性质而定。关于仲裁机构的性质，现在比较一致的定位是"非营利"的中介机构。"非营利"机构的含义和特征主要有四：其一，设立机构的目的不是为了获取利润、以营利为目的，而是为了实现某种社会公共利益；其二，该机构可以有经营性收入，但其剩余收入不能作为利润在其成员间进行分配；其三，机构的资产不得以任何形式转变为私人资产，也不得由国家任何机关和其他单位、组织调用处置；其四，政府给予该机构拨款和其他物资、以及其他社会组织和个人赠予该机构资金和物资,都是为了满足社会对该机构提供的服务的需求,而不是为了营利分红,因此都不获取经济回报,也不享有该机构的所有权。

就目前情况来看,有些仲裁机构的财产,除组建初期政府给了开办经费和办公用房及其他物资外,其后主要是依靠仲裁事业的发展来积累;既就是至今实行财政全额拨款供养的仲裁机构,其财产积累中也不乏仲裁收入的成分。因此,依据《物权法》对财产权利人的界定,如果仅从微观上分,仲裁机构的财产既不属于集体、更不属于私人、也不属于国家,而应该是属于"其他权利人";这个"其他权利人",就是拥有该财产的仲裁机构。此外,笔者认为,从财产的宏观属性上分,仲裁机构的财产应属于公有制形式下的财产;当这个机构终止、财产权利人灭失、其财产变为无主财产时,当然要归属国家。所以说,无论从哪个角度讲,仲裁机构的财产都不会变成为"私人"财产,仲裁机构财产"私有化"和"流失"之说纯属无稽之谈。因此,对仲裁机构的财产属性必须予以明确定位,而不能让有些人继续拿着这个问题无休止地"忽悠"仲裁了!

4. 必须严格执行中央对政事分开和公务员不得兼职的规定。仲裁界一些主事者坚持法制和仲裁政事不分、坚持兼职和直接接任,其主要理由是仲裁离开行政机关和行政官员就没有了"公信力"、当事人就会因缺乏信任而"不选择"仲裁。撇开不便于明说的背后原因,仅从表象上看,这个"理由"的根源是把"仲裁权"从权力渊源上混同于"行政权"了。这是根本站不住脚的,是完全错误的!

仲裁拥有自身"公信力"的关键,不在于仲裁机构通过与政府法制部门合署和行政官员兼职"联姻"而拥有国家权力,而在于仲裁应该拥有自身的"特色"和优势;这个"特色"和优势的突出表现之一,就是仲裁与行政裁决和司法裁判的区别;而仲裁与行政裁决和司法裁判的主要区别,则在于仲裁源于认同和信誉而非权力、"仲裁权"只能通过当事人授权取得而非国家赋予、"仲裁权"是当事人授予的私权而非国家公权。因此,国家机关和仲裁机构不能混为一体,国家公务员不能兼任和直接接任仲裁职务。这是一个不容商量的法定原则,对此必须进一步予以重申和明确!当前,必须依照《仲裁法》的有关规定和党的十七大关于"加快推进政企分开、政资分开、政事分开、政府与市场中介组织分开"的规定，坚决地将仲裁机构从国家机关分离出来，坚决地禁止国家公务员在仲裁机构兼职和直接接任主事职务。但是，我们不能指望仲裁的主事者们今天用自己的右手去解决其昨天用自己的左手构建的"行政管制"、"法制掌控"、"兼职接任"等等问题；因此，必须采取各种有效措施，严格执行《仲裁法》、《公务员法》等法律和党中央、国务院的相关规定和党政纪律，从而尽快解决政事不分和公务员兼职接任等危害仲裁发展的严重问题。

5. 仲裁机构可以是事业单位但不能实行参照公务员法管理的体制。对此，需要说明三个问题：第一，很多仲裁机构工作人员都希望自己能有个工作、收入相对稳定的公务员的身份，最好是直接成为公务员；这是社会转型时期改革大潮中人人都会考虑的、涉及个人前途命运"安全感、归宿感"的"身份"问题，既不可避免、又应当理解，因此当然是组织上必须予以重视的实际问题；这个问题非常敏感，搞不好就会影响团结、产生矛盾，有时甚至会产生对抗性矛盾。但是，有些仲裁主事者偏偏在这个问题上出现了误导性偏差，用"参公管理"这等极易对人们心理产生诱惑但很难全面实现的"预期"，来取得"3/4 多数"的支持和拥戴；这对仲裁事业的发展造成的不利后果是非常严重的，很难在较短时间内消除。第二，仲裁机构可以作为一般事业单位，在明确、具体的一定期限内实行财政差额拨款或全额拨款供养的办法，但不能实行参照公务员法管理的体制；因为仲裁体制实行"参公管理"，既不符合党的十七大精神和相关法律规定、还会给仲裁事业的整体发展带来负面影响。第三，在仲裁机构不实行"参公管理"体制的情况下推进仲裁民间化改革，须解决好仲裁机构工作人员的出路问题；而"新人新办法、老人老办法"，是被改革实践所证明了的好办法，这个办法虽然是处理仲裁机构重新组建以来工作人员"身份"问题的过渡性办法，但却是实事求是、稳妥务实的最佳办法。

四、结语

闻名于世的兰州牛肉面，是抻面师傅用一个个面基子一碗碗抻出来的；

在抻面师傅的手中，面基子可以随心所欲地成为大宽和二宽、三细和毛细、韭菜叶子和荞麦棱子，既有很美的食用价值又有很高的欣赏价值，因此每每请客人品尝并观赏。而仲裁界有些人就象抻面师傅，把我国仲裁之社会主义"特色"拿捏成了牛肉面的"面基子"而任意曲解，一会儿说这是"特色"、一会儿说那是"特色"，还时不时地发布个"兼职是规范化建设"、"参公管理符合国情"等等之类被冠以"特色"名称、具有误导能量的政策性错误信息。

在党的十七大精神指引下，我国经济社会正处在工业化和城市化进程加速、市场化更加完善、信息化进一步推广、国际化不断提高的全新发展阶段；这为我国仲裁事业提供了难得的发展机遇、注入了强大的推动活力，也对仲裁提出了更高的适应性要求。因此，下决心彻底纠正随意拿捏仲裁"特色"的种种错误行为、为我国仲裁之社会主义"特色"彻底正名，是时候了！

尽快解决仲裁收费"收支两条线"问题

王红松[*]

今年是改革开放三十年，中共中央十七届二中全会通过的《关于深化行政管理体制改革的意见》（以下简称《意见》），勾勒出中国行政改革的蓝图，其核心内容是"深化行政管理体制改革"、"加快政府职能转变"、确立共产党领导下的现代公共政府。"加快推进政企分开、政资分开、政事分开、政府与市场中介组织分开"，"从制度上"发挥市场在资源配置中的基础性作用，"有效提供公共产品"，构建新型的政府管理体制。这是中国社会三十年改革进程中的一次重大突破，具有政治改革的意义。全党上下应该认真贯彻落实《意见》精神，为"进一步消除体制性障碍，切实解决经济社会发展中的突出矛盾和问题"贡献自己的力量。笔者从行政体制改革角度，分析仲裁收费"收支两条线"成因、危害，并提出解决的建议。

一、仲裁收费"收支两条线"问题的由来

仲裁收费"收支两条线"是指将仲裁收费作为政府的行政事业性收费，对其收入与支出由财政部门实行专项管理的方式，收入上交国库或财政专户，支出由财政根据需要审核批准，对收入、支出分别核定。20 世纪 90 年代以前，"收支两条线"作为财政资金管理模式已经存在。1990 年 9 月，为制止行

---

* 北京仲裁委员会秘书长。

政部门的"三乱"（乱收费、乱罚款、乱摊派），中央发布《关于坚决制止乱收费、乱罚款和各种摊派的决定》，提出"收支两条线"概念。1996 年国务院发布《关于加强预算外资金管理的决定》，明确"收支两条线"管理范围是"国家机关、事业单位和社会团体为履行或代行政府职能，依据国家法律、法规和具有法律效力的规章而收取、提取和安排使用的未纳入国家预算管理的各种财政性资金"。2001 年年底，国务院办公厅转发《财政部关于深化收支两条线改革，进一步加强财政管理意见的通知》（国办发［2001］23 号，下称23 号文件），要求"清理整顿现行收费"，将"部分不体现政府行为的行政事业性收费转为经营服务性收费并依法征税"。2003 年 5 月《财政部国家发展改革委监察部审计署关于加强中央部门和单位行政事业性收费等收入"收支两条线"管理的通知》（财综［2003］29 号，下称29 号文件）规定，将仲裁收费定性为"代行政府职能强制实施具有垄断性质"收费，"收支两条线"范围扩大到"不体现政府行为"的"彩票公益金和发行费、国有资产经营收益、以政府名义接受的捐赠收入"。在此期间，"收支两条线"的管理方式，也从"收支挂钩"与"收支脱钩"两种方式并存，到"收支脱钩"一种方式，并逐渐形成"单位开票，银行代收，财政统管"的管理模式。

我国仲裁机构除中国国际经济贸易仲裁委员会（下称贸仲）、中国海事仲裁委员会外，均系依照《中华人民共和国仲裁法》（下称《仲裁法》）重新组建。根据《国务院办公厅关于印发〈重新组建仲裁机构方案〉、〈仲裁委员会登记暂行办法〉、〈仲裁委员会仲裁收费办法〉的通知》（国办发［1995］44 号，下称44 号文件），"仲裁委员会设立初期，其所在地的市人民政府应当参照有关事业单位的规定，解决仲裁委员会的人员编制、经费、用房等。仲裁委员会应当逐步做到自收自支"。因此，仲裁机构组建时，大多数仲裁机构被定为"全额拨款"或"差额拨款"的事业单位，实行"收支两条线"管理。但在 29 号文件颁布前，各地方财政部门对仲裁机构的管理相对宽松，不仅实行"收支挂钩"，"以收定支"，仲裁的收入、支出由仲裁机构根据财政部门核定的计划执行；而且，23 号文件颁布后，一些经济自立的仲裁机构经过财政部门批准实行了"事业单位企业化管理"，不再执行"收支两条线"制度。29 号文件颁布后，情况发生了变化。一是，29 号文件规定仲裁收费是"代行政府职能强制实施具有垄断性质"，"不得作为经营服务性收费管理"，使仲裁机构失去了转制为"事业单位企业化管理"的机会。二是，仲裁收费"单位开票，银行代收，财政统管"的管理方式，干扰了仲裁业务的正常进行。三是，前贸仲副主任王生长因违反29号文件规定，给工作人员发放津贴、奖金，以"私分国有资产"获罪，引起国内外仲裁界、法律界对仲裁收费"收支两条线"问题的高度关注，对其质疑、批评从未中断，仲裁机构收费"收支两条线"管理方式与仲裁独立之间的矛盾凸现出来。

2007年3月，部分政协委员在全国政协会上提交《关于纠正将仲裁收费作为"行政事业性"收费错误》的提案，建议国务院"责令财政部、国家发展改革委、监察部、审计署四部门立即纠正将仲裁收费作为'行政事业性收费'、进行'收支两条线'预算管理的错误，严格执行仲裁法和政府入世承诺，对仲裁收费适用《中介服务收费管理办法》，挽救面临严重威胁的中国仲裁事业"。财政部回函表示："委员们反映的问题"已经引起财政部及相关部门的"高度重视"，"相当一部分仲裁机构仍作为事业单位管理，不仅影响了仲裁机构独立开展仲裁工作，而且不利于与国际惯例接轨"，并承诺"将积极配合有关部门，在深入调查研究基础上按照国际惯例和我国入世谈判的承诺对现行仲裁机构的设置及财务管理体制等问题进行认真的研究，充分考虑委员们的建议和意见"。由于该问题未予解决，人大代表梁慧星教授在2008年3月全国人大会议上提交了《关于开展〈仲裁法〉执法检查纠正商事仲裁行政化错误倾向的建议》，再次要求解决仲裁收费"收支两条线"问题，建议"由法律委员会成立有相关部门、仲裁机构、相关商会和仲裁法专家参加的仲裁法执法检查组，对全国仲裁法执行情况进行检查"。全国人大常委会办公厅回函答复"建议中反映的当前我国商事仲裁中的一些突出问题，我们将在相关工作中认真研究"，"在制定2009年的监督工作计划时积极考虑您的建议"。至此，仲裁收费"收支两条线"问题已远远超出仲裁机构内部管理范畴，成为一个引起社会关注、涉及仲裁行业兴衰和仲裁体制改革成败的重大而紧迫的问题，解决得越早，损失越小。

二、仲裁收费"收支两条线"问题的危害

解决仲裁收费"收支两条线"问题，首先要对该问题给仲裁事业造成的危害有清醒认识。这些危害主要是：

1. 违反了下位法必须服从上位法这项法制统一的宪法原则。按照法制统一原则，下位法不得与上位法相抵触，下位法与上位法抵触，则抵触部分无效。29 号文件属于国务院部门的规范性文件，其法律效力低于《仲裁法》。《仲裁法》第十四条规定"仲裁委员会独立于行政机关，与行政机关没有隶属关系"，明确了仲裁及仲裁机构的非行政性。29 号文件却将仲裁定性为"代行政府职能强制实施具有垄断性质"的行政仲裁，不仅将《仲裁法》确立的当事人自愿协商的民商事仲裁与政府直接管理的劳动、人事等行政性仲裁混为一谈，而且，直接与《仲裁法》规定相抵触。29 号文件颁布后，因其违反《仲裁法》并在实践中造成恶果而广为诟病。然而，时至今日问题依旧。这反映出政府部门对法律的漠视，以及实际运行中部门文件效力大于法律的尴尬现状，严重损害了《仲裁法》权威，破坏了法制的统一。

2. 违反中国加入世贸组织的承诺，影响我国改革开放形象。我国在 2001 年 10 月 1 日的入世谈判中，承诺"仲裁、检验、鉴定、公证等中介服务的收费，将按照国家计委等六部门 1999 年颁布的《中介服务收费管理办法》进行"。按照《中介服务收费管理办法》（下称《办法》）第三条，"中介机构"是"依法通过专业知识和技术服务，向委托人提供公证性、代理性、信息技术服务性等中介服务的机构"。该条第二款第（一）项将"公证性中介机构"解释为"提供仲裁、检验、鉴定、认证、公证服务等机构"。这说明，在入世谈判阶段，中方代表充分注意到国内已经存在的民商事仲裁和行政仲裁这两种性质不同的仲裁。《仲裁法》实施以来，中国立法机关及国务院有关部门领导在对外宣传中，一直将中国仲裁机构的民间性、独立性，作为中国仲裁制度改革的重要成果。《中华人民共和国国民经济和社会发展第十一个五年规划纲要》（以下简称《纲要》）也将仲裁列入"商务服务业"范畴[①]。29 号文件

① 见《纲要》第十六章"拓展生产性服务业"之第五节"规范发展商务服务业"。

将仲裁定性为"代行政府职能强制实施具有垄断性质"的仲裁，进行"收支两条线"管理，暴露出政府部门各行其是，政令不通之弊端，造成中国政府不守承诺的印象，损害了中国政府的国际形象。

有人以《办法》第二条第二款"根据法律、法规规定代行政府职能强制实施具有垄断性质的仲裁、认证、检验、鉴定收费，不适用本办法"的规定，证明对仲裁收费进行"收支两条线"管理正确。这实质是偷换概念，主张者很清楚《办法》第二条规定的仲裁与第三条规定的仲裁是在性质和管理方式上截然不同的两类仲裁，有意回避了一个实质性问题，就是其如何根据《仲裁法》"仲裁委员会独立于行政机关，与行政机关没有隶属关系"的规定和《纲要》对仲裁"商务服务业"的归类，推断出仲裁具有"代行政府职能强制实施具有垄断性质"的。

3. "收支两条线"窒息了仲裁机构活力，制约了仲裁事业发展。首先，仲裁收入受经济形势、仲裁机构信誉、案件数量、类型、仲裁员及机构工作人员服务质量等多种因素影响，"计划"赶不上"变化"，将其纳入僵硬的预算管理，势必影响仲裁业务的正常进行。其次，仲裁收入主要用于仲裁员报酬和办案开支这是各国商事仲裁的普遍实践；仲裁"收"与"支"密切联系，不仅"多收"要"多支"，而且支出要及时。这是仲裁业务活动的内在要求。但"收支两条线"强调的是"收"与"支"脱钩，且收入通过银行上缴国库，财政部门根据自定标准进行核拨，复杂的手续和核拨的滞后与拖延，降低了仲裁服务质量和效率。其三，仲裁作为一种专业性服务，其发展的好坏取决于人才的素质和服务质量，从各国仲裁发展看，仲裁收入主要用于仲裁员报酬，这不但是出于对仲裁员劳动的尊重和回报，也有利于吸引国内外优秀人才从事仲裁工作。而"收支两条线"核定的支出标准偏低，且拨付不及时，挫伤了仲裁员、仲裁机构工作人员的积极性，导致人才流失、业务萎缩。其四，这种"统收统支"方式，扭曲了市场对资源的配置，奖懒罚勤、奖劣罚优，造成仲裁机构对财政过度依赖，不思进取，得过且过，既影响仲裁发展，也加重财政负担。其五，为国外一些人质疑中国仲裁民间性、独立性提供了把柄，不仅毁损我国几代仲裁人通过艰辛努力赢得的中国商事仲裁的国际信誉，致使案源大量流失，而且，给我国仲裁裁决在国外法院的承认执行留下严重隐患。

4. 阻碍了仲裁体制改革的顺利进行。《仲裁法》确立的新的仲裁制度是对旧的行政仲裁体制的根本变革，其核心内容是促使仲裁机构与行政机关脱钩，保证机构的独立性，保障仲裁的独立和公正。按照"无财产、无人格"的法律理论，财产管理权是仲裁机构"独立于行政机关，与行政机关没有隶属关系"的物质基础，"收支两条线"剥夺了仲裁机构财产管理自主权，使其成为行政机关的附属，行政权与仲裁权交织，权力和利益结合，不仅使《仲裁法》着力破除的旧制度下长官意志、行政干预、地方保护主义等弊端沿袭下来，并且出现了许多权力寻租的新的腐败现象。仲裁的价值和权威取决于仲裁员的素质和独立裁判。对仲裁机构采取行政化的收入与分配模式，也"造成管理人员对仲裁员的加强控制，从而根本上丧失仲裁的信用、信誉和权威"[①]。且不说这样的仲裁机构"是否还称得上是仲裁机构，还是会沦为各国的笑柄"[②]，单就其设立的作用而言，如果其与法院和行政机关在处理纠纷的性质、职能上没有区别，则单独设立一个行政性的纠纷解决机制纯属多余，势必"导致整体上的资源浪费和政府行政成本过高"[③]。十四年前，为了短期内突破仲裁机构与行政机关的联系，改变"仲裁机构挂靠行政机关的格局"[④]，《仲裁法》规定未重新组建的原仲裁机构，自《仲裁法》施行届满一年时终止，因而撤销了3000多家仲裁机构，20000多名工作人员被重新安置。在付出如此巨大的社会成本，且《仲裁法》实施十多年后，相当多的仲裁机构仍未摆脱行政机关附属地位，有的还重返行政序列，这真让人感慨万千。

十三年前，44号文件规定"仲裁委员会应当逐步做到自收自支"，其目的是尊重仲裁发展规律，发挥市场资源配置作用，提高仲裁业整体水平。2000年8月《中共中央组织部、国家人事部关于加快推进事业单位人事制度改革的意见》（下称《人事制度改革意见》）规定，"按照'脱钩、分类、放权、搞

---

① 邓峰、王家路：《仲裁机构国有资产的定性》，见《中国仲裁论坛第三届会议论文集》，第22页。

② 同上。

③ 同上。

④ 胡康生主编：《中华人民共和国仲裁法全书》第26页。

活'的路子，改变用管理党政机关工作人员的办法管理事业单位人员的做法"，"扩大事业单位内部分配自主权，逐步建立重实绩、重贡献，向优秀人才和关键岗位倾斜，形式多样、自主灵活的分配激励机制"。实际上，只要按照《仲裁法》规定，按照44号文件和《人事制度改革意见》精神，不断推进仲裁体制改革，仲裁机构完全有可能成为自我激励和约束，充满生机活力的、独立的民间性仲裁服务机构。但是，按照29号文件的规定，对那些已实现自收自支的仲裁机构，仍要进行"收支两条线"管理，令其"自收"而不"自支"，效益好的时候，收入全部上交（有些机构每年向财政缴纳为数不少的费用），仲裁机构无力为工作人员养老、医疗、失业等福利保障支付相应的费用，一旦"收"不抵"支"，且财政又难以承担，这些机构很有可能被以"自支"为由推向社会，作为包袱一甩了之。这种前景，容易激起怨愤，影响稳定，也使其他仲裁机构对"自收自支"望而生畏，放弃自力更生的努力，或者将"一套人马，两块牌子"的做法长期化，或者以仲裁费是"代行政府职能强制实施具有垄断性质"为由，争先恐后抢在事业单位分类改革前，实现"参照公务员法管理"（下称"参公管理"），以进入行政性事业单位序列。只要调查一下近两年开始实行和正在办理"参公管理"事宜的仲裁机构数量，看看那些主张仲裁机构实行"参公管理"或为其辩解的各种讲话、报告、纪要、文章，就不难理解"收支两条线"对仲裁制度改革的消极作用有多大。

三、以《意见》为指导，破除解决"收支两条线"的思想障碍

关于仲裁收费"收支两条线"给仲裁造成的影响，无论是理论界、实务界还是财政部门并无基本分歧。但何时解决？如何解决？财政部及相关部门却未予答复。笔者认为，尽管解决仲裁收费"收支两条线"问题有一定难度，但解决的条件已经具备，关键是财政部及相关部门能否以《意见》为指导，转变观念，破除以下思想障碍：

1. 认为仲裁收费"收支两条线"系历史造成，不可能短期解决。其实，历史是人创造的。如果当初在制定29号文件时，能够按照《仲裁法》规定和中国加入世贸组织的承诺将民商事仲裁与行政仲裁区别开（这在技术上不难处理），就不会产生随之而来的严重后果。同样，如果财政部及相关部门从善

如流，及时修改 29 号文件，这种后果不至于愈演愈烈，延续至今。解铃还须系铃人，关键是直面问题的态度和知错必改的负责精神。

2. 认为相当一部分仲裁机构仍作为事业单位管理，事业单位体制改革前，"收支两条线"问题难以解决。其实，"作为事业单位管理"的仲裁机构并不是铁板一块。现有的仲裁机构中就有因实行"事业单位企业化管理"或因定性为"公益组织"而不再实行"收支两条线"的。有些自收自支仲裁机构申请转为"事业单位企业化管理"，因财政部门未批而不成（财政部门批准的前提是仲裁收费"转为经营服务性收费管理"）。因此，真正的障碍不是"相当一部分仲裁机构仍作为事业单位管理"，而是 29 号文件的错误规定。财政部和相关部门对纠正该文件的错误不是"不能"而是"不为"。当然，已实行"参公管理"的仲裁机构情况相对复杂，但是，鉴于《意见》已对事业单位改革提出明确思路："按照政事分开、事企分开和管办分离的原则，对现有事业单位分三类进行改革。主要承担行政职能的，逐步转为行政机构或将行政职能划归行政机构；主要从事生产经营活动的，逐步转为企业；主要从事公益服务的，强化公益属性，整合资源，完善法人治理结构，加强政府监管"，财政部应按照《意见》的改革思路逐步放权，缩小"收支两条线"的管理范围，否则，将在以下几个方面影响行政体制改革的顺利进行。

一是，财政部门管理范围太大，战线过长，削弱预算监管的执法力量。根据世界银行、东亚和太平洋地区减贫与经济管理局起草的《中国：深化事业单位改革，改善公共服务提供》报告，2005 年中国有 100 多万个事业单位，职工总数接近 3000 万，其"家底"及收益情况至今是个谜。对这样庞大的资产及收益实行"收支两条线"管理，势必耗费大量的人力、物力和精力，从而导致对行政经费的预算监督管理投入不足。根据《意见》"建设服务政府、责任政府、法治政府和廉洁政府"要求，对行使或代行政府职能的罚没收入、收费等，不仅要严格实行"收支两条线"管理，还要逐步纳入预算内管理，列入人大监督范围；要提高财政预算管理透明度、规范性、科学性、民主性，把纳税人的钱管好用好，有效制止政府机构的膨胀和浪费，平息人民群众作为纳税人对行政开支日益膨胀的强烈不满。但是，近些年，行政部门的年底"突击花钱"，每年 9000 亿左右的公款吃喝、公车消费、公费出国，以及大量预算资金闲置造成浪费等，充分暴露出财政部门预算管理上的监督不力，执法疲软。尽管上述问题有诸多原因，但是，财政部门自己是否存在"该管的"没有切实管好，"不该管的"却管了不少的问题呢？及时放弃"不该管的"，不仅是为自己松绑、卸担子，也是为国务院各部委的职能转变做出表率。

二是，对"微观经济运行行为"管理过细，干预过多，财政部门事实上成为事业单位"国有资产"的经营者，管理者、监督者，"既当运动员又当裁判"，很容易导致"政企不分"、"政事不分"、"政府和中介组织不分"，从而增加了权力寻租滋生腐败的机会。

三是，抑制服务业的健康发展。在目前外贸不顺，内需不足的情况下，政府各部门应根据《意见》要求，努力实现从"社会管理型"到"公共服务型"的转变，将工作重点放在"创造良好发展环境、提供优质公共服务、维护社会公平正义"①上。不"承担行政职能"的事业单位，大多从事服务业务，因其专业、性质、目标，服务对象、内容各不相同，需要有相对灵活、符合各自特点的资金管理方式。"收支两条线"的"单位开票，银行代收，财政统管"单一管理方式，无异于削足适履，影响服务业的健康发展。中央提出科学发展观，鼓励自主创新。但是创新的起点是自主，创新就是没有先例可循。"收支两条线"管理剥夺了事业单位财务管理自主权，没有先例成为新项目不予批准的理由，这就削弱了我国服务业的自主创新能力。

四是，随着事业单位"国有资产"增长，"收支两条线"管理任务日益加重，势必带来行政部门机构膨胀，形成尾大不掉之势，不仅增加了行政成本，而且增大行政体制改革的难度。

3. 认为为保证国有资产的"保值增值"，防止"私分"国有资产和国有资产的"流失"，政府需加强监督，严格实行"收支两条线"管理。这种说法似是而非。首先，财政对仲裁机构的财政资助是为了满足社会对仲裁的需求，而不是作为投资追求国有资产的"保值增值"。

其次，何为"私分"？未经财政部门和相关部门批准，分配、使用国有资产，就构成"私分"。其隐含意思是：财政部门和相关主管部门拥有统管所辖

---

① 见中共中央十七届二中全会通过的《关于深化行政管理体制改革的意见》。

仲裁机构、事业单位国有资产的绝对权力，从这个意义上，"收支两条线"与其说是为防止国有资产流失，倒不如说是为了保障并强化财政部门和相关部门对这些国有资产的管理权。否则，"收支两条线"给中国仲裁事业造成如此严重损失（损失的何止是国有资产，还有中国仲裁的信誉和国际竞争力），包括政协委员、人大代表在内的专家、学者对此多次强烈呼吁，那些负有责任且有能力纠错的部门，何曾为防止国有资产的"流失"，主动关心、过问并认真予以解决？其实，国有资产是人民创造，为人民所有，无论是政府部门、仲裁机构、还是其他事业单位，都是受人民委托管理国有资产。人民委托谁管理国有资产，不是看其地位和权力而是看其管理效果能否"更好地改善民生和改善生态环境"①，能否实现社会公平正义。据政协委员、国务院参事任玉岭《关于党政机关带头发扬艰苦奋斗传统的建议》，我国从改革开放初期的1978 年至 2003 年的 25 年间，我国行政管理费用已增长 87 倍。行政管理费占财政总支出的比重，在 1978 年仅为 4.71%，到 2003 年上升到 19.03%，这个比重，比日本的 2.38%、英国的 4.19%、韩国的 5.06%、法国的 6.5%、加拿大的 7.1%、美国的 9.9% 分别高出 16.65、14.84、13.97、12.53、11.93 和9.13 个百分点。而且近年来行政管理费用增长还在大跨度上升，平均每年增长 23%。另一方面，据财政部长谢旭人介绍，2007 年政府在直接涉及老百姓的医疗卫生、社会保障和就业福利上的开支，总共约 6000 亿元，相当于财政总开支的 15%；"相比之下，美国上述三项的开支约为 15000 亿美元，相当于联邦政府总开支的 61%。也就是说，即使仅以财政收入来比较，中国财政收入占 GDP 的比例也已经超过美国，但是在民生方面的支出却不到美国的四分之一"②。"虽然现在一年的财政开支 4 万亿，但公共产品和公共服务还欠缺，行政开支、形象工程占绝大头，花在国民福利上的钱只占小头"③。事实说明，由财政部门和相关部门集中管理支配国有资产，不见得比仲裁机构、其他事业单位自主管理国有资产，更能改善国计民生，实现公平正义。特别是"对

---

① 引自国务院总理温家宝在 2008 年"两会"结束时记者招待会上的讲话。
② 李炜光："财政攻击"，2008 年 5 月 28 日天益网站发表。
③ 陈志武："中国到了非民主不可的时候"，2008 年 2 月 23 日天益网站发表。

行政权力的监督制约机制还不完善，滥用职权、以权谋私、贪污腐败等现象仍然存在"[①] 条件下，"收支两条线"这种对事业单位国有资产实行高度集中的计划管理方式，更容易使"以权谋私者的寻租活动日益猖獗，行政腐败广泛蔓延"[②]。

需要说明的是，仲裁机构财产虽是"国有"性质，但有相当部分是仲裁员、仲裁机构工作人员辛勤劳动创造出来的。以北京仲裁委员会（下称北仲）为例，北仲自1995年9月28日成立，在北京市政府的支持下，在广大仲裁员、仲裁机构工作人员的努力下，业务发展蒸蒸日上，1999年实现自收自支，2002年实行"事业单位企业化管理"，截至2008年9月底，已向国家纳税6600多万（是北仲组建之初政府财政拨款的15倍多），并用自有资金购置了近7000平米办公用房、停车车位等。由于仲裁机构财产是仲裁事业发展的基础，且与大家的利益密切相关，因此，没人愿意将财产"分光"，而使机构后继无力。因此无论是促进事业发展，还是提高国有资产效益，最有效的办法是让管理者把国有资产当作自己的资产那样精细管理。而这样做的前提是管理者必须拥有资产管理自主权。值得注意的是，仲裁收费中有一部分用于仲裁员、仲裁机构工作人员的服务报酬，属于仲裁员、仲裁机构工作人员的合法权益，应依法予以保护，没有法律明确规定，政府部门以不得以"国有资产"为名随意限制或剥夺。

为防止出现"内部人"控制，少数人侵犯大多数人利益现象，仲裁机构应建立并完善法人治理结构、权力制衡机制，强化仲裁委员会的决策、监督职能，提高资产管理使用的透明度、公开性、民主性，鼓励仲裁员、工作人员参与管理和监督。其实，造成国有资产"私分"、"流失"的原因，多是权力缺乏有效监督和制约所致。在"政府职能转变还不到位"，政府部门存在权力扩张冲动，出现回归计划经济体制倾向的情况下，要警惕那些以"防止国有资产流失、加强监督"为名，行权力扩张、设租、寻租之实，使公共权力

---

① 见中共中央十七届二中全会通过的《关于深化行政管理体制改革的意见》。

② 引自"吴敬琏：中国的市场化改革从哪里来到哪里去"，载2008年8月31日《中国经济时报》。

"部门利益化","部门利益私有化"的倾向。因为此种现象不仅已经造成国有资产大量流失,更重要的是损害了党和政府公信力,直接影响社会稳定。

其三,政府要加强监督,但监督目的是"创造良好发展环境"促进仲裁事业健康发展;监督的重点是政府部门对仲裁的行政干预,而不是以"审批"、"核准"等方式直接插手机构的内部管理;监督方式应该法治化、民主化、规范化。政府部门监督应有法律依据,并在法律授权范围内行使权力,不得自设权力、滥用权力、扩张权力;监督程序要公开、透明,政府部门在制定涉及公民、法人和其他组织利益的规章、规范性文件时,要广泛听取意见,让各利害相关方"充分地表达声音和利益关切,并于彼此之间展开正大光明的博弈"①,集中民智、保障民利,避免行政的随意和专断。监督者也要接受监督,权责相等,对滥用权力或监督不力的,群众有权质疑、问责,并要求责任人承担责任。

四、关于解决仲裁收费"收支两条线"问题的建议

解决仲裁收费"收支两条线"问题,应本着如下原则,一是要促使仲裁机构尽快与行政机关脱钩,淡化其行政色彩,使其成为真正独立、民间性的仲裁机构;二是,要有利于建立并健全仲裁机构法人治理结构和自我约束、激励的机制,发挥市场配置资源作用;三是,要有利于厘清权利与权力界限,"以人为本","以民为重",打破部门利益独大的封建格局,弱化那些包揽社会事务的管理功能,加强监督权力和制约权力的功能,降低权力寻租的机率②。具体建议是:

1. 由财政部牵头与相关部门共同修改 29 号文件,纠正其违反《仲裁法》、影响仲裁发展的相关规定。

2. 仲裁机构已实现自收自支的,改变对其"收支两条线"管理方式;已经实行"事业单位企业化管理"的,应借鉴一些国家、地区对仲裁机构给予相应免税优惠待遇的做法,对仲裁收费予以减税或免税。

---

① 江渚上:"以公开博弈祛除立法腐败",载 2008 年 9 月 5 日《新京报》。
② 引自王海光:"漫谈政治体制改革的蛙步",2006 年 8 月 9 日天益网站发表。

3. 按照《办法》修改仲裁收费办法，扩大仲裁机构制定仲裁收费标准的自主权。

4. 明年全国人大组织《仲裁法》执法检查时，将"收支两条线"问题作为检查重点，要查清该问题没有解决的真实原因，对知错不改，拖延不办的责任部门、责任人进行问责。

关于成立仲裁协会的意见和建议

肖志明*

一、成立的时机

我国仲裁界对成立该协会的必要性没有分歧。有分歧的是成立的时机。有种意见认为，应放在《仲裁法》修改之后，另一种意见认为，可放在该法修改之前。仁者见仁，智者见智。我认为，《仲裁法》的修改与否不是关键，关键是成立什么样的仲裁协会和对该协会的功能如何定位。日前，各地成立的仲裁机构已有185家，听说自行接生的还有十多家，应该说，我国商事仲裁制度已经建立，商事仲裁体系已经形成。国务院法制办筹建、联系、指导各地仲裁机构的历史任务应已完成，似有必要及早脱身，这样有利于改变充当"太子太傅太保"或"摄政王"的形象。而且，《仲裁法》的修改也遥遥无期，不是指日可待。特别是，今年3月，国务院办公厅已通知成立筹备领导小组，正在加快筹建步伐，再争论已没有什么听众。

二、关于仲裁协会的职能

这涉及对协会的定性和定位问题，涉及对《仲裁法》规定的"中国仲裁协会是仲裁委员会的自律性组织"作何理解的问题。

---

* 中国国际经济贸易仲裁委员会仲裁员。

　　一部分仲裁机构和专家学者认为，既然仲裁协会是仲裁机构的自律性组织，或者仲裁行业自办的协会，应体现仲裁机构民间性特点，体现会员自主、自治、自律的特点，不能办成有浓厚官方色彩的可以对会员发号施令的管理机构，成为各个仲裁机构和仲裁员的"婆婆"。除赋予协会监督实施行业自律的职能外，主要职能应为会员提供服务，发挥沟通、交流和协调的作用。

　　另一种意见以有关部门分管仲裁工作的人员及部分仲裁机构为代表，他们认为，既然仲裁协会是行业协会，应归类于行业管理协会，应实行"统一管理"，因此，就为仲裁协会设计了一些带有行政性的管理职能，如可直接干预各个仲裁机构领导成员和组成人员的选聘，可过问各个仲裁机构的收支和分配，审批各个仲裁机构的对外考察访问活动等。因而引起一部分仲裁机构和仲裁员的担心和忧虑。

　　我在退下来之前，① 曾参加这个问题的部分讨论，我是同意和支持第一种意见的。我来参加会议之前，找到了国务院办公厅 2007 年 5 月 13 日颁布的《关于加快推进行业协会商会改革和发展的若干意见》（国办发〔2007〕36号）和 2002 年 5 月 21 日修订的全国律协章程。在《若干意见》中，除提到要改进和规范行业协会的管理方式外，在行业协会改革发展的总体要求和积极拓展行业协会职能的条目中，我都没有看到要强化行业协会的管理职能和一些同志想要的一些管理职能。相反地，在总体要求中，要求：1. 坚持市场化方向。2. 坚持政会分开，其中提到理顺政府与行业协会之间的关系，明确界定行业协会职能，改进和规范管理方式。3. 坚持统筹协调，其中要求做到培育发展与规范管理并重，行业协会改革与政府职能转变相协调；4. 坚持依法监管，其中要求实现依法设立、民主管理、行为规范、自律发展。

　　我注意到，该文件允许行业协会积极拓展职能，但拓展不是无限制的。该文件列出四个范围，一是要能充分发挥桥梁和纽带作用；二是加强行业自律；三是切实履行好服务企业的宗旨；四是积极帮助企业开拓国际市场。

　　全国律协章程列出了律协的十六项职责（他们未用职能），归纳起来，重点也是放在服务、沟通、交流、协调和自律监管。在其第二项职责中虽提到

---

① 笔者曾任中国国际经济贸易仲裁委员会华南分会秘书长。

"制定律师职业规范和律师行业管理制度"，但也属于指导性质，并不是对律师事务所和律师行使带有行政性的管理权。

将地方人事、行政部门主管的人事、财务和审批权力拿过来，放在仲裁协会，愿望是好的，但实际做不到。按我国现行的人事、财务管理体制，各地仲裁机构领导班子成员，由各地政府任命或聘任，甚至仲裁委员会的组成人员，也由地方政府选定或审定。仲裁的财务收支、工资福利待遇等也要接受地方财政部门的监控，甚至仲裁的收费标准也要由地方物价部门核定。这些"块块管理"的"婆婆"愿意不愿意放弃这些既得的权力，会不会向一个行业协会移交这些权力，在我有生之年恐怕看不到这个愿景。如果实际做不到，在协会的章程中又订上协会拥有这些职能，部分仲裁机构和专家学者所担心的新增的"婆婆"就会出现，各地的小媳妇就不知侍候哪个"婆婆"为好。而且，协会处于这种状况下，又硬要履行这些权力，肯定会与地方政府经常"撞车"，协会这个"婆婆"的日子恐怕也不好过。我看还是来点现实的，索性将国务院法制办履行的联系、指导各地仲裁机构的职能移交给协会，可能会容易做到，这也符合政府转换职能的要求，相信仲裁界也会接受。

而且，我们还应看到，仲裁协会的会员不论是团体还是个人会员，数量均比其他协会少，相对也比较集中。作为团体会员的各个仲裁机构组织也比较严密，有自己的章程，有规范机构管理和办案的各项规章制度。个人会员的文化层次、道德素养和职业操守至少不会比律协等专业行业协会差，也没有必要强化协会的管理职能。设若强化协会的管理，增加许多不必要的管理职能，正如一些专家学者所指出的，协会的机构就要扩大，办事人员就要增加，会员缴纳会费相应就要增多，会员的负担就要加重，这也不符合精简的原则。

三、几点建议

（一）希望协会筹备领导小组不要忽视商事仲裁的民间性的特性，在起草的协会章程中能体现协会自主、自治、自律的特点。在章程中不仅要讲自律，还要讲保障会员当家作主的权利，讲民主管理，讲增强服务能力，讲维护会员的正当权益。

（二）鉴于仲裁界和学界对协会的定性、定位和职能存在各种意见，建议在起草协会章程的前后，能够增加透明度，广泛征求仲裁界和学界的意见，争取尽可能达成共识。我长期工作的经验是：集思可以广益，民主有利集中。我办案的体会是：兼听则明，偏听则暗。办案中，耐心聆听双方当事人不同看法和观点，认真分析其他仲裁员的不同意见，使我获益非浅。希望协会筹备领导小组能从善如流，广纳善言，认真听取不同意见，包括不合自己口味的意见。分析这些意见是否有道理，判断是否符合实际。

（三）建议借鉴全国律协和其他行业协会的章程内容拟定协会的章程内容。我认为，全国律协章程所列十六项职责，其中有许多职责，如支持律师依法执业，维护律师的合法权益；总结、交流律师工作经验，提高整体执业水准；负责律师职业道德和执业纪律的教育、检查和监督；宣传律师工作，出版律师刊物；组织律师和律师所开展对外交流等。在协会机构设置方向，设全国代表大会、理事会、常务理事会。理事由全国代表大会选举产生，协会秘书长由常务理事会聘任等都值得借鉴。

如果考虑我国扩大开放、深化改革的前景，为了使我国商事仲裁融入和服务于社会主义市场和全球化经济，也可本着改革创新的精神，列入一些具有前瞻性的内容，为此，建议参考外国一些仲裁协会如瑞士的仲裁协会章程的内容。

仲裁机构国有资产的定性

邓　峰* 　王家路**

货恶其弃于地也，不必藏于己；力恶其不出于身也，不必为己。

——《礼记》③

王如好货，与百姓同之，与王何有？

——《孟子》④

德者本也，财者末也。外本内末，争民施夺。是故财聚则民散，财散则民聚。

——《大学》⑤

国有资产及其保护，在中国历来是一个重要而富于争议的命题。国有资产的管理，以及对其受托机关的资产管理绩效的评价，和财产权制度等根本制度紧密相关，但更和国家和政府理论息息相联。20 世纪以来，当国家大规

---

　* 法学博士，北京大学法学院副教授，北京仲裁委员会仲裁员。

　** 北京市通商律师事务所律师，北京仲裁委员会、中国国际经济贸易仲裁委员会仲裁员。

　③ 《礼记·礼运第九》。

　④ 《孟子·卷二·梁惠王章句下》，据《四书章句集注》，朱熹注，中华书局 1983 年版，第 219 页。

　⑤ 《大学·右传之九章·释齐家治国》，据《四书章句集注》，朱熹注，中华书局 1983 年版，第 11 页。

模地卷入到商业、经营、投资活动的时候，并且国家职能日益向社会资本和公共产品供给领域扩展的时候，国有组织的外延不断扩大。伴随着国家活动范围的扩大，国有资产的延伸领域突破了传统的"非营利"，"主权和民事的公私划分"的范畴。

仲裁制度发源于传统的市民社会理论下的希腊－罗马传统中，尤其是和商人法相关。因此作为一个自治的独立机构，其财产的管理、使用、分配乃至清算，类似于财团法人或公司制度，该财产依附于仲裁机构的独立主体地位。而中国的情形则是在缺乏这种公私划分的背景下产生的，仲裁机关的主体地位，存在着争议，但大多数的仲裁机关的财产，则来源于国家或政府。这种情况下，仲裁机关在国有资产制度下，面临着一种尴尬的地位：究竟应当按照何种规则判断其财产的"委托管理"的职责？本文试图对此问题作出探讨。

一、现行国有资产性质及其划分

国有资产法律制度在中国形成了独特的特色，和任何一个历史上存在过的制度均不相同。今天的国有资产管理，来源于1980年代的国有企业改革。从1994年的《国有企业财产监督管理条例》开始，逐步扩展了原有的行政管理模式的国有资产制度。原有的模式，是主体制度和财产制度进行单位化管理的方式，带有强烈的行政色彩，尽管在1980年代采用了管理合同的激励制度（比如收益分成模式的承包制），甚至采取了将国有权益"准债权化"的方案（比如租赁制或委托经营、托管经营等），但由于企业的主体地位不够清晰，仍然不能摆脱上级主管部门或行政干预，被认为是缺乏市场化和缺乏效率的原因。在1994年之后，表面上看是所谓的从"承包制"走向了"股份制"，但在法律制度上，则是非常深刻的变化，即国家开始按照私法的规则（比如公司法，尽管这种私法的特性不完全也不清晰），来调整和规制主体的行为，而仅仅以行政模式来管理主体的财产。在这种背景下，经过了理论化的论证，对国有资产在"统一管理"的原则之下，逐步建立了国有资产的产权登记、统计、监督、转让审批、交易规制等一系列制度。

显然，不是只有国有企业管理和经营着国有资产，在最初建立国有资产的时候，出于划分管理权限的需要，对国有资产进行了划分，以便于界定国有资产管理部门的权限范围。此后，这种划分逐步随着各个部门的规制方式的不同，而形成了实际上的区分，从而适用着不同的规则。

按照国有资产管理部门在 1994 年提出的划分，基于目的的不同，而将国有资产划分成：行政性国有资产、经营性国有资产和资源性国有资产。"这些国有资产的分布状况大体可以分为三类：第一类是国家投入企业，包括实行企业管理的事业单位的经营性资产；第二类是行政事业单位的非经营性资产；第三类是尚未开发的土地、矿藏、海洋、水流、森林、草原、滩涂等资源性资产。这些国有资产的形态，既有固定资产，包括土地、房屋、设备等；又有流动资产，包括原材料、制成品、资金、有价证券等；还有无形资产，包括专利、发明、商标、商誉等"。[①] 这种划分界定了现行的国有资产管理体制，即国有资产管理部门的管理对象，是以国有企业为中心的，具体目标是保值增值，并且资产范围涵盖了所有的有以体资产和无体财产，包括各种各样的"权益"。

具体的现行法律中已经作出了明晰的表述。按照 2003 年的《企业国有资产监督管理暂行条例》§2.1，"国有及国有控股企业、国有参股企业中的国有资产的监督管理，适用本条例"。其目标是 §11.1，"所出资企业应当努力提高经济效益，对其经营管理的企业国有资产承担保值增值责任"，并且，这一部门是不履行社会公共产品的提供职能的，至少在定性上是如此，规定在 §7，"各级人民政府应当严格执行国有资产管理法律、法规，坚持政府的社会公共管理职能与国有资产出资人职能分开，坚持政企分开，实行所有权与经营权分离。国有资产监督管理机构不行使政府的社会公共管理职能，政府其他机构、部门不履行企业国有资产出资人职责"。但比较奇特的是，§2.2，"金融机构中的国有资产的监督管理，不适用本条例"，很显然，这是基于部门职权划分的结果。

与这种经营性国有资产制度相对应的法律制度是：（1）国有资产的登记、审核、评估和绩效考核制度，以营利尺度作为一个非常重要的判断行为绩效

---

① 国有资产监督管理委员会，《国有资产产权管理》，经济科学出版社 1994 年版，第 3 页。

的指标；（2）对国有资产的市场化，包括转让、赠与、对外投资等采取了诸多的程序性控制，以防止"国有资产流失"；（3）对国有企业的经营管理进行监督，包括外部监事会和委任董事等一系列制度，并逐步扩大到法律顾问、会计人员等等。就规制角度来说，经营性国有资产不仅仅考察固定资产或有体资产的变动，而且从占有到交易进行全方位的监管，并且是以获得营利为目标。①

和经营性国有资产不同，行政性国有资产则由于广泛地分布在不同的领域和机关之中，而这些机关同时从事着不同的政府职能或提供公共服务。为了将事业单位、人民团体的财产包括在内，无论是官方还是学术界都将行政性国有资产称为"非经营性国有资产"。但经营性和非经营性国有资产的区分并不仅仅是在这种名义上的不同，在法律制度上存在着很大的差异：

（1）两者的主管部门不同，行政和事业单位存在着主管部门，故而对资产的使用，只要不违反"越权原则"（ultra vires），尤其是如"专款专用"，不构成挪用即可。而经营性国有资产则不同，实际上采取了国有资产经营、转让的对价标准，即交易回来的价值应当是"保值增值"的——尽管由于采用了公司制，不可能事事都得到审查和批准，但按时间段、职务期间等方面的总体计算是明确的，比如年度审计或任期审计；

（2）两者控制的范围并不相同，经营性国有资产无论是有体物还是无体物都要转换成为价值计算；而非经营性国有资产的无形资产是难以判断的，因此更多是对实际支出和合理使用有形资产的控制。从审计法中，可以很明显地看出这种区分，对经营性资产，§20"审计机关对国有企业的资产、负债、损益，进行审计监督"；而对非经营性资产，§19，"审计机关对国家的事业组织和使用财政资金的其他事业组织的财务收支，进行审计监督"；

（3）两者的占有责任并不相同，对国有企业而言，随着公司法的完善，诚信义务（fiduciary duty）等，对国有企业的管理人员而言，除了负有忠诚义务之外，必须承担基于能力的勤勉义务，法律对其"保值增值"上的努力不足会作出追究。而在非经营性国有资产中，则一般均属于法定义务，不得挪

---

① 参见邓峰："国有资产的定性及其转让对价"，载《法律科学》2006年第3期。

用、贪污、收受贿赂、侵占财物等，而对其"经营"的好坏，则通过行政责任或者政治责任来加以追究。[①] 就不得以个人利益和集体利益冲突而言，两者是一致的，但是对积极目标、过失、失职等方面的追究则存在着不同。当然，在实践中，政企难以分开，追究经营性资产的经营者的过失等责任也是非常困难的。

而资源性国有资产则被强调了"尚未开发的"的特性，这种界定是不甚准确的。不过这也反映了我国的资源性国有资产的管理特色。即一旦开发，就会有主管部门进行规制，并对国家的所有权予以界定和保护，而开发、使用、勘探者依据特许或者授权来进行经营。

事实上，仅仅从财产上来认识这三种不同的定性是不充分的。对经营性和非经营性的国有资产而言，核心并不在于财产的特性，而是在于占有、使用财产的组织特性决定的。行政性国有资产依附于其非独立性的政府机关的特性，自下而上的行政指挥系统通过授权——命令来界定对资产使用和处置的行为边界。推敲起来，政府的最高级在理论上应当是向全体人民负责，因此，占有和使用行政性国有资产，其责任也随着行政层级的提高，不断从具体的行政责任向政治责任过渡。而经营性国有资产则不同，由于通过法人和公司制度，尤其是"法人财产权"的表述，确立了国有企业等经营性组织的独立地位，故而其财产监督管理上采取的责任方式，法律责任的比重较大，要求和考核的内容较多。

二、仲裁机关国有资产定性的二难

在上述划分下的国有资产管理体系下，仲裁机关的财产定性产生了"中国式迷局"。由于中国的仲裁机关基本上都是政府主管部门设立的，因此：首先，最初的财产常常是政府拨款或划拨具体有体财产形成的；其次，大多数的仲裁机关都陆续得到政府财政的支持，或者以年度拨款的方式，或者以一次性拨款的方式；第三，还存在着仲裁机关向政府财政或者在政府支持下取得贷款的方式。这些财产，既包括有体物也包括无体物，对这些财产的定性，

[①]　参见邓峰："领导责任的法律分析"，载《中国社会科学》，2006年第3期。

直接影响着对仲裁机关的行为评价和责任方式。

如果仲裁机关仍然属于事业单位，在理论上似乎可以套用"非经营性国有资产"，而这也是相对比较接近仲裁机关的传统特点的，通过对国有资产的占有和使用完成特定的职能或社会服务。但事实上，问题要复杂得多。如果按照事业单位来对待仲裁机关，对其资产的管理采用行政管理的方式，甚至如同有些极端主张所要求的，采用行政式的收支两条线，或者是法院式的"提留"方式，或者是由财政部门来进行直接财务管理或直接设定规则的方式，就会造成对仲裁机关性质的改变。实际上是将仲裁机关的财产按照非经营性国有资产来进行管理。

这种做法会造成直接违反仲裁法，比如§14，"仲裁委员会独立于行政机关，与行政机关没有隶属关系。仲裁委员会之间也没有隶属关系"，显然，一个独立的机关，其财产及其管理并不独立，姑且不说是否符合"无财产、无人格"的传统法律理论，就会直接造成上下之间的隶属关系，丧失仲裁机关的独立性。这是因为如果财产管理制度上采用行政性国有资产管理模式，意味着如果仍然坚持仲裁机关的独立性，而又不采取经营性国有资产的监督管理方式，授权——命令规则就无法判断。如果授权——命令规则无法判断，就会造成仲裁机关的资金和财产使用，和仲裁机关的独立性相冲突，也无法判断仲裁机关管理者的处置资产的行为的正当性。行政性国有资产只有法定义务，或者说只有利益冲突义务，而不存在着注意义务，这和独立组织的特性是不相吻合的。同时，仲裁机关的价值和权威来源于仲裁员的素质和独立裁判，行政化管理仲裁机关的收入、分配，必然会造成仲裁员的不独立，造成管理人员对仲裁员的加强控制，从而根本上丧失仲裁的信用、信誉和权威。因此，如果将仲裁机关的资产管理采用行政性国有资产管理模式，就一定会导致仲裁机关丧失独立性。

如果仲裁机关丧失独立性，自然仲裁的权威不再存在，而退化成为非独立意志的组织，姑且不说这样的仲裁机关是否还称得上是仲裁机关，是否会沦为各国的笑柄，单就仲裁机关设立的作用而言——应当本着职业精神来从事独立的纠纷解决，这种作用在非独立的情形下，和司法调解等有何区别，和公安机关处理一般事故等有何不同，如果职能上并无区分，在存在着规制机关、司法机关、调解机关的情形下，仍然设立一个非独立的纠纷解决机制，则纯粹属于多余设置。如果职能重叠、冗员堆积，这样的机制设计是否会导致整体上的资源浪费和政府行政成本过高？政府财产并不是天然存在的，而是来自于纳税人的，这是否符合正当使用和正当支出的范畴呢？

　　生拉硬套地将仲裁机关中的国有资产定性为行政性的，就一定会改变仲裁机关的性质，进而改变仲裁协会的性质。仲裁法§15对仲裁协会的定性是，"中国仲裁协会是社会团体法人"，显然协会是一个社会团体法人，而仲裁机关的资产是国有的，如果仲裁机关不是独立的，那么，将国有资产至于非国有组织之下，至少要有严格的边界界定协会的功能，不能作出任何妨碍到国有资产的决议，这在逻辑上就会形成混乱。不但如此，还要注意的是，作为事业单位的证监会，都已经在现实中遭到了事业单位如何作出行政处罚和如何承担赔偿责任的案例，一个"社会团体法人"更如何去行使和管理拥有国有资产的下级机关或会员呢？

　　那么维持仲裁机关的独立性，将仲裁机关所属的财产按照经营性资产来对待呢？此时存在一些错误观点，如将"国有资产流失"的说法延伸到仲裁机关来。如果按照经营性资产来对待仲裁机关的国有资产，由于存在着"法人财产权"，在一定程度上解决了独立人格、财产、行为评价、激励制度和法律责任之间的冲突。但是这会造成更大的问题：仲裁机关究竟是什么机关？

　　显然，营利性的目标和仲裁的特性之间是冲突的，为国有资产"保值增值"的目标更不符合作为社会资本、公共产品提供的仲裁的特性。同时，过多地对仲裁机关的国有资产进行了登记、审批等一系列不必要的规制。进而，由于法律同时审查忠诚义务和注意义务，对仲裁机关会造成管理人员的职责过重，而和仲裁机关的价值在于仲裁员的独立裁判冲突。

　　如果按照"资源性国有资产"来界定仲裁机关中的国有资产，由于资源性国有资产尽管所有权属于国家，但政府仅仅是通过规制、许可、特许合同等方式来进行勘探、开发、开采以及收取资源的使用费，这种管理和仲裁机关对国有资产的使用相比，在组织的独立性、财产的独立性上，庶几近似。但是资源性国有资产的管理模式，不能解决政府对仲裁机关的初始或后续投入、拨款、扶持等方面的资产定性。

政府对仲裁机关的初始投入，持续性拨款、政策性贷款或者扶持等是否应当用同一种性质的国有资产来加以界定，也是值得深入探讨的。如果按照经营性资产，所有这些都会被认定为国家对组织的投入并记入成本，作为国家在其中的股份或出资，用来与收入相对比，以评价管理人员完成目标的绩效。如果属于行政性资产，要依赖于这些财产的使用性质，比如用于工资的发放和用于固定资产的购买是不同的，前者并不会产生国家对此据以计算产权和收益的作用。

总体上来说，在这三类国有资产划分的背景下，仲裁机关的社会公益属性，建立在仲裁员的独立裁判基础上的人力资本属性，以及独立的组织特性，使得仲裁机关的国有资产应当依据何种制度来进行判断出现了困惑。更不用说，具体判断仲裁机关的"托管"国有资产的责任了。进一步说，如何解释初始投入的资产的托管责任，后续拨款或者贷款是否构成了国家的直接投入，还是仅仅是政策性的扶持政策，或者是国家对独立机关的债权，这些判断，都离不开正确的对仲裁机关中的国有资产的定性，而这种定性，则离不开对仲裁法的规定、仲裁机关的组织特性、仲裁员的工作特性的理解。显然，三类国有资产的划分，并不能简单地使用到仲裁机关之中。其实，这一问题不仅仅是在仲裁机关中存在，凡是组织上具有社会共益性、公共产品特性的非营利性组织，都会存在着类似的问题。

三、对国有资产管理模式的反思

显然，问题的核心，并不出在仲裁本身，而是产生于国有资产的管理之上。将国有资产划分为三类，本质上来源于将国有资产划分为经营性和非经营性的"国家所有权"理论之上。在 1990 年代初期，有学者将维涅吉克托夫的"经营权"理论，重新带入"作为民事主体的国家"之中，从而确立了国家参与经济的双重身份：作为公共权力的组织和作为民事主体的国家。[①] 实际上，就大陆法系的理论而言，所谓经营性国有资产，以及由此伴随的，以"保值增值"为目标，以等价交换为交易正当性的判断尺度，以"国有资产流

---

① 参见王利明：《国家所有权研究》，中国人民大学出版社 1992 年版。

失"为标准来判断国家参与的经济活动是否妥当。本质上，经营性国有资产就是"国有私产"，对应着德国法上的"国库理论"。①

德国18、19世纪时所流行的国库学说，则极具特色地将国家在私法的人格与公法上的人格二元化。从公法上来说，当时，德国处于警察国家时期，代表皇室行使统治权的行政权，同时，由于工商业的展开，国家与人民财务上的纠纷确时常发生。因而国库理论在国家公法上的人格外又承认其在私法上的法人格。这是指国家充当财产上主体时的一种身份，即国家是一个可以拥有财产并从事经济活动的私法人。

国库理论和国有私产理论，并不新鲜。所谓的国有公产和国有私产的划分，可以追溯到罗马法。大陆法国家包括意大利、法国都部分地采纳了这一理论，即将国家所拥有的财产划分为可以转让的和不可以转让的②。有学者进一步提出国有公产应包括国有专用财产、国家公用财产和特殊经营性资产，而国有私产则主要是指进入市场竞争的经营性国有资产和集体经济组织中的国有资产，"将国有财产区分为不进入市场的国有财产和进入市场的国有资产，对实践中国家所有权实现的私法路径提供了方便"③。这是对现实中广泛可转让的国有财产的错误总结，难道国家机关的资产就不可转让，国家所有的公产就不能通过市场经营？

大陆法中的国有私产理论显然是通过转让与非转让，而忽略了政府持有国有资产的目标多元化，也忽略了国有公产也是可以进行特许、授权、合同甚至私有化的。国家无论是持有经营性的，还是非经营性的资产，在可以进入市场上是毫无疑问的，政府和市场的边界是变动的，而不是固定的；同样，政府和市场之间的过渡常常也是模糊的，这正是公法私法化和私法公法化的所在。

然而，国库理论也好，国有私产理论也好，都违背了政府和公共财产管理的基本原则。国家的私人利益是以国家的先验存在为前提的，因此这一理

---

① 参见陈新民《行政法总论》，三民书局1995年版，第10-12页。
② 参见王利明："论国家作为民事主体"，载《法学研究》1991年第1期，第59-66页。
③ 张作华："论我国国家法律人格的双重性——兼谈国家所有权实现的私法路径"，载易继明主编：《私法》，第3辑，第2卷，北京大学出版社2004年版，第300-301页。

论和现代民治、民有的政治观念并不吻合，而更多地带有封建国家中的君主利益的残余。在现代国家，政府持有国有资产的目的，和政府管理社会、进行规制、经济管理的目的是根本上一致的，都要以社会效率和社会正义为目标①，而不是政府的岁入最大化。国家的合法性（legitimacy）就是在于多大程度上和最大多数人民的利益保持一致，而不是强调政府自身的利益，这个道理最明显不过，早在 2000 多年前儒家荀子就已经指出了这一点，"下贫则上贫，下富则上富。故田野县鄙者，财之本也；垣窌仓廪者，财之末也。百姓时和，事业得叙者，货之源也；等赋府库者，货之流也。故明主必谨养其和，节其流，开其源，而时斟酌焉。潢然使天下必有余，而上不忧不足。如是，则上下俱富，交无所藏之。是知国计之极也"②。藏富于民，不与民争利，"百姓时和，事业得叙"才是国家持有国有资产的对价。

当代的法律理论也是如此，瑞奇在著名的《新财产》一文中，批评国家将各种涉及到相对人的福利、补贴、执照的发放看成是"赠与"或者"国家特权"的做法，甚至认为这是"新封建主义"（New feudalism）③，更何况国有企业的转让对价呢？公营产业的正式确立在我国可以上溯到汉武帝的盐铁专营，但其仍然是出于驱逐匈奴的军费需要；中国的财政史中的一个主要命题则是府库（公产）与宫库（皇产）的划分，这种前提下，才会有所谓的国有公产和私产的划分④。而在现代民主国家下，公共利益（public interest）才是政府管理经济和持有资产的真正的目标和标准。

国家设立国有企业，持有国有资产，应当是出于公共的目的，甚至这种经营性资产的公共特性应当更强于国家机关的办公设备、大楼。这样，衡量国有资产的标准就不能简单地采用物权模式并采用"保值增值"的目的，私

---

①　参见史际春、邓峰：《经济法总论》，法律出版社 1999 年版，第 152 - 158 页；同时参见邓峰：《经济法学漫谈：正义、效率与社会本位》，载史际春、邓峰主编：《经济法学评论》，第 4 卷，中国法制出版社 2004 年版，第 1 - 80 页。

②　荀况：《荀子·卷六·富国》，据上海古籍出版社 1989 年版，杨倞注。

③　See Charles A. Reich, The New Property, Yale Law Journal, Vol. 73, 1964, Number 5, P733 - 787, P768 - 771.

④　参见侯家驹：《中国财经制度史论》，联经出版事业公司，1989 年版，第 71 - 75 页。

法化、私有化的衡量标准就不能是国家利益，而是社会效率，是"推进国有资产合理流动和优化配置，推动国有经济布局和结构的调整；保持和提高关系国民经济命脉和国家安全领域国有经济的控制力和竞争力，提高国有经济的整体素质"①。在国有资产的转让中，就不能盯住价格死死不放，而是关注企业的绩效，关注于社会效率是否得到提高。

四、仲裁机关的国有资产定性

现代国家普遍地采用了人民主权，我国也不例外。而在这种政治理论下，不应当也不存在着所谓的国家的"私益"，因而，国有资产的管理并不是如何去防止国有资产遭到损失，而应当是如何让国有资产的占有和使用最大化社会效率和公正的目标。不仅如此，财产形态在现代社会中发生了巨大的变化，和中世纪以及近代资本社会以有体物为主要表现形式的财产不同，现代财产更多表现为合同、信用、无形财产，财产只有在使用、流转、交易中才能体现出价值，并且人力资本呈现出上升的趋势。在这种背景下，试图通过管理土地或者古董的方式来维护国有资产的价值，显然是一种脱离实际的想法。

如果按照政治理论而不是民事理论来重新认识政府职能，如果按照新的财产观念而不是纯粹的物权（有体物）观念来对待公有财产，那么国有资产的定性就应当是国有公产而不是私产，财产的占有和使用应当服务于公共目标而不是保值增值的目标。由此，对国有资产进行不同目标的划分就是多余而容易造成困惑的。在这种理论下，国有资产并不是一个固定的、静态的、僵化的和单一的概念，而是根据公共服务、公共权力行使和行政管理、公共产品的提供等目标而采取不同的机制。因此，判断国有资产是否合理使用，是否流失，是否使用不当的标准不是价值的损失或所有权的移转，而是应当根据是否履行好了政府职能和社会公共服务职能。政府既可以通过办警察局免费提供治安服务，也可以通过"火炬计划"、"种子基金"、"转移支付"、"财政补贴"等诸多"金钱不对等"行为来实施特殊产业政策，还可以基于社

---

① 《企业国有资产监督管理暂行条例》，2003 年 5 月 27 日，第 14 条，国有资产监督管理机关的主要义务。

会公平目标实现无偿保障最低生活标准，同样也可以通过罚金等手段无偿取得金钱。这些并不需要取决于判断该国有资产究竟是行政性的还是民事性的，更不需要考虑"国有资产的流失"。

在这种背景下，仲裁机关的国有资产问题就可以得到合理的解释和理解。仲裁机关作为一个独立的社会团体法人，依照法律尤其是特别法（仲裁法）成立，理论上尽管其初始资产来自于国家，但在运营中应当通过其向社会提供的仲裁服务收取费用。既然是一个公益的社团法人，在其缺乏权威，服务质量低下而不能维持的时候，也就产生解散或破产的可能。在这一意义上，国家投入的资产不过是类似于股权对公司的出资，但社团法人和仲裁法规定的独立性，则意味着并不产生国家的股权。如果仲裁机关的财产并不来源于国家，而是类似其他国家一样，由会员投资或者商会投资，与投资来源于国家并无区别。

在现实生活中，由于仲裁机关在初期常常得到政府的扶持，比如可能会产生政府的拨款，或者贷款，如果初始出资已经明确，则这种拨款并不能视为产生对资产的剩余索取权或者产生控制权的依据。政府出于公益的目标，或者特定的政策目标，会采用多种方式扶持特定的组织，比如对中小企业减税等等，这并不能如现行的国有资产产权界定方法一样，被视为会产生国有股权的依据。① 如果属于贷款等有偿方式，则产生合同上的权益和义务。同样，所谓的"国有资产管理保值增值"的激励原则，并不能适用于仲裁机关。

仲裁机关常常会形成盈利和积累，这会产生两个问题：第一，这种盈利的剩余索取权问题；第二，是否需要缴纳税收。仲裁积累的产生，是一个以仲裁员裁判收费和管理人员提供服务的人力资本为核心的多种资产组合起来的价值增值过程，也包括国有资产的初始投入，通过规制政策设定的收费标准等等。但作为独立的公益的社团法人，并不应当适用国有企业的经营性国有资产的规则，即产生国家的剩余索取权，并不能由此进行分配，除非发生解散或破产。换言之，对这种公益社团法人的剩余，出资者只有破产之后的剩余索取权，而不存在着日常盈余积累的剩余索取权。在现实生活中，有些

---

① 事实上，即便是对国有企业或集体企业而言，这种产权界定方式也是非常值得推敲的。

仲裁机关需要缴纳税收，包括营业税和所得税，这是值得推敲的。这和我国的税收政策以及缺乏财团法人制度等紧密相关。

由于并不产生股权，因此并不产生基于所有者或所有权而发生的审查、审计或者监督。作为公益的社会团体法人，并且不属于行政性国有资产的范畴，理论上也不应当产生政府内部审计（尽管现实生活中常常如此操作）。那么，对仲裁机关的不当决策和资产处置行为如何规制呢？回答这一问题，我们仍然要回到财产和人格的关系之上。

1994 年之后逐步确立的国有资产管理制度尽管得到了很大的完善，但显然，正如分析所指出的，"官方声音中的国有经济健康有序发展和国有资产流失并存；谈到权力控制者（包括官员和经理人员）的时候主题是流失，谈到股市主题则变成了国有资产对小股东的掠夺；国有资产管理部门的地位更为尴尬：到底是流失？（这意味着他们的失职）还是搞活？（履行了保值增值的职责）"。产生这种问题的根源在于，组织内的任何资产运动，必然依赖于人的决策，而显然，国有资产只管资产不管主体行为，或者说，主体行为的法律审查比如诚信义务的缺乏，导致了僵化的资产管理制度。

再以我国公司法中的"资本三原则"的高度规制规则为例，同样也是这样的思维模式，比如以前的公司法禁止公司回购股份等等行为，似乎这样的禁止规定就可以起到规制的效果。事实上这一愿望常常落空。对公司资本也通过直接要求公司维持一个较高额度的资本来对债权人形成"担保"。而公司法的进化和发展则表明了这种对资本高度规制的规则，实际上并不发挥作用。① 英美公司法上对法定资本的放弃，而代之以对公司董事和高管人员的行为审查，表明了法律思维的转换：并不是要求出现一个类似"担保"的注册资本，并不是要求对资本事无巨细的审查，并不是要求公共池塘（common pool）里面的水应该有多少，而是转而侧重于不让任何人不正当的、不合对价的从公共池塘里面舀水出去。因此，防止不当的资产管理行为，更多地依赖于确立公司管理者对公司的诚信义务，通过利益攸关者之间的相互制衡来完

---

① See Bayless Manning and James J. Hanks, Jr. , Legal Capital, Foundation Press, Fourth Edition, 2002, Pp5 – 40.

成的。

仲裁机关对其资产的管理责任，也应当如此。确立仲裁机关的决策人员对资产管理的诚信义务，通过仲裁机关内部治理机制的完善，民主的决策机制，内部相互制衡的机制设计，才是有效地防止内部不当行为产生的根本解决之道。如果仅仅依赖于财政主管部门或者审计部门按照行政模式的审计等，采用行政性国有资产的管理方法来评价仲裁机关对资产的处置，无非是将仲裁机关变成了成本更昂贵，效率更低下的"第二法院"而已。这才是对国有资产的浪费。

专　　论

裁决书执行的若干问题

杨良宜*

一、裁决书的时效

1. 英国法律的时效

裁决书来自双方的仲裁协议，仲裁的是民事纠纷，所以与其他的民事纠纷（合约或者侵权）一样，涉及了时效的问题。根据英国的立法 1980 Limitation Act（香港的是 Limitation Ordinance），时效就是在诉因（cause of action）出现后的 6 年。换言之，就是从一份裁决书作出后，从败诉方应该去支付的一天起算，如果败诉方不支付就是违反了仲裁协议，这就有了一个诉因。从这一天起算直到 6 年后，如果胜诉方没有采取行动去保护时效，该裁决书就会失效。这开始起算的一天通常就是裁决书作出后的一段合理时间：Agromet Motoimport Ltd v. Maulden Engineering Co. （Beds）Ltd. （1985）2 All ER 436。也有情况是裁决书规定了作出之后的一段时间（例如 30 天）要败诉方做出支付，这一来，开始起算的一天就更加明确了。另要注意的就是根据

1980 Limitation Act 之 Section 29，如果败诉方做出部分支付（part payment）或者承认（acknowledge）这一笔判决债务，这会有了一个新的诉因而导致 6 年时效重新起算。该立法的 Section 29（5）是这样说：

"Subject to subsection（6）below, where any right of action has accrued to recover—

（a）any debt or other liquidated pecuniary claim;…

and the person liable or accountable for the claim acknowledges the claim or makes any payment in respect of it the right shall be treated as accrued on and not before the date of acknowledgement or payment."

2. The "Good Challenger" 先例

在 The "Good Challenger"（2004）1 Lloyd's Rep. 67，案情涉及有关的船舶出租给了被告承租人，一家罗马尼亚的国营公司。原告船东向被告索赔在卸港的滞期费，并在伦敦开始仲裁。到了 1983 年 6 月 15 日，船东胜诉并取得了一个金额高达 1,757,198.63 美元（另加上利息）的裁决书。但承租人没有理会，也没有做出支付。到了 1985 年 12 月，船东成功在法国扣押了一艘属于另一家罗马尼亚国营公司的船舶（名为 Filaret）并成功向承租人在 1986 年 1 月逼出 851,000 美元的支付，但裁决书还欠下了一大笔裁决债务。之后双方谈判，在 1986 年 3 月，又逼承租人支付了 78,172.47 美元。在 1987 年 4 月，船东的英国律师直接向当时的罗马尼亚总统齐奥塞斯库追讨剩余的裁决债务，但没有得到直接的回复。但估计这导致了承租人的代理 Navlomar 在 1988 年 2 月 17 日与 1989 年 3 月 7 日回应有关的裁决债务。

到了 1993 年 1 月 25 日（这已经是作出裁决书之后的 9 年半），船东向英国法院单方面取得执行该裁决书的命令，但船东并没有把该命令送达给承租人（让承租人知道并且有机会去抗辩执行）。不去送达的理由很可能就是承租人当时在英国没有资产可供执行，而另一个表面的理由就是船东采纳罗马尼亚律师的建议，即不要去推进英国法院的执行。这是因为船东当时在罗马尼亚法院申请执行（过去这可能是困难的，向法院申请执行的原因是承租人只在罗马尼亚有资产），船东律师认为同时去推进英国法院执行会不利于在罗马尼亚法院的申请。

在罗马尼亚法院的申请所面对的承租人的抗辩是时效问题，除了罗马尼亚法律本身对裁决书的执行有一个 3 年的时效外，由于它涉及的是一份伦敦海事裁决书，所以英国法律的 6 年时效也一并被罗马尼亚法院考虑在内。到了 1998 年，罗马尼亚的最高院判该裁决书根据罗马尼亚与英国的法律都已经过了时效而变得无效。这就逼使船东再回去英国法院，并在 2001 年 2 月取得了 Moore - Bick 大法官批准去把裁决书执行命令送达给承租人。这导致了承租人在命令送达后前来英国法院要求拒绝执行，其中主要的争议就是该裁决书已经过了时效。

2.1　诉讼时效的争议

照理说，裁决书在 1983 年 6 月 15 日作出，到了 1989 年 6 月 15 日时效就过了。1993 年 1 月 25 日船东向英国法院取得执行命令，表面看 6 年时效已经过了，但是承租人曾经在 1986 年 1 月与 3 月支付了部分的债务，但这看来也没有保护时效，因为在这个时间起算 6 年，到了 1993 年还是过了时效。但问题是承租人的代理 Navlomar 在 1988 年 2 月 17 日作出的回应是否对裁决债务是一个"承认"（acknowledgement），因为从该天算起，到了 1993 年 1 月还是在 6 年的时效内。承租人代表律师说"不是"，因为该电传中的内容十分含糊，加上没有承租人或他的代理签字。而 1980 年 Limitation Act 要求该"承认"必须是以文书作出而且有签字，说：

"30（1）To be effective for the purposes of section 29 of this Act, and acknowledgement must be in writing and signed by the person making it."

在第一审，Crane 大法官给予 1988 年 2 月 17 日的电传一个十分宽松的解释。它的内容虽然没有个明确的"承认"，但曾经提到过"帐户余额"（balance of account）一词，这被判是相当于一个"承认"。所以，6 年时效从该天起算。

承租人上诉到贵族院，再也没有去争论这一点，但去争论该电传是否有签字。这一点也已经被 Crane 大法官判决为在电传中不存在签字，但是只要在电传的后面有说明是谁作出该电传，这就足够被视为是签了字。Crane 大法官这样说：

"As a matter of general principle, in my view a document is signed by the maker of it when his name or maker is attached to it in a manner which indicates, obviously, his approval of the contents. How this is done will depend upon the nature and format of the document. Thus in the case of a formal contract which prints the names of the parties and leaves a space under each name for the parties to write their names, the documents will not have been signed by a party until he writes his name in the space provided. Conversely, with a telex, where is no such facility, the typed name of the sender at the end of the telex not only identifies the maker but leads to the inference that he has approved the content: the typed name, therefore constitutes his signature. Thus in my judgement each of the telexes relied on by the claimant（船东）was signed by the sender typing in its name, or his name, at the foot of the document. ”

上诉庭同意一审的观点，换言之，在 1993 年 1 月船东向英国法院申请执行命令时没有过 6 年的时效。这里也可以看到一些手法可以延长裁决书的寿命，就是不断地挑起败诉方的回应。只要他有回应，就有机会作文章，加上英国法院宽松的解释，就有机会把原来 6 年的时效延长。

2.2　程序的滥用

这方面的争议是 1993 年 1 月 25 日就取得了英国法院的执行命令，但不去送达，而且是晚达 8 年之久，承租人指这属于一种程序的滥用。根据英国的《民事诉讼程序规则》（Civil Procedure Rule 或简称 CPR），裁决书的执行命令可以有 6 年时间去送达给败诉方的被告，而法院也可以暂停执行 6 年之久。而这 6 年超出后，法院有权裁量是否给与裁决书的执行命令。这是 CPR Part 50 与最高院规则（Rules of Supreme Court 或简称 RSC）Order rule 46 2（1）规定的。换言之，这不是涉及原告有了诉因必须去提出起诉以保护时效的问题，而是属于程序上的时限。

在该先例，上诉庭接受船东的解释，就是他不是不想把 1993 年 1 月 25 日的执行命令尽快送达给承租人，而是因为听从罗马尼亚律师的建议不去这样做，所以虽然延误长达 8 年之久，仍认为这不属于程序的滥用。

2.3　一事不再审

这一方面虽然不涉及时效或者是时限的问题，但为了较全面地介绍本先例，也可顺便一提。这一方面有关系是因为罗马尼亚法院针对英国的时效曾经作出过判决认为时限已过，承租人指称不论罗马尼亚法院判得对还是错，英国法院应该尊重，而且不应该重审同一个争议。

上诉庭的 Clarke 大法官指出要构成"一事不再审"必须符合 4 个条件：

（一）判决的外国法院必须是一个合格的（competent）法院；

（二）判决必须是最终与结论性的；

（三）双方当事人的身份一致；

（四）有关的争议必须一致。

Clarke 大法官这样说：

"The authorities show that in order to establish an issue estoppel four conditions must be satisfied, namely (1) that the judgement must be given by a foreign Court of competent jurisdiction; (2) that the judgement must be final and conclusive and on the merits; (3) that there must be identity of parties; and (4) that there must be identity of subject matter, which means that the issue decided by the foreign Court must be the same as that arising in the English proceedings: see, in particular Carl Zeiss Stiftung v Rayner & Keeler Ltd (No. 2) (1967) 1 AC 853 (the Carl Zeiss case), The Sennar (No. 2), (1985) 1 WLR 490, especially per Lord Brandon at p. 499, and Desert Sun Loan Corporation v Hill (1996) 2 All ER 847. "

在本先例有争议的是第（二）个与第（四）个条件，并最后认为"一事不再审"并不适用，原因包括：（1）估计罗马尼亚法院重点考虑的是罗马尼亚法律的时效问题，而不是英国法律的时效；（2）估计罗马尼亚法院并没有考虑到英国时效可以因为判决债务人作出"承认"而重新计算 6 年时效。

3. 结论

这是一个十分特殊的先例，裁决书在作出后的 20 年被执行还是有效。期间，罗马尼亚在 1989 年 12 月变了天，总统齐奥塞斯库被推翻并且全家被杀害。虽然这变天导致承租人的公司名字与结构改变了，但是作为继承人还是要对以前的债务负责。所以罗马尼亚还是要对很久以前的债务作出偿还，并加上昂贵的利息。

这对现在一些乱订昂贵合约、并对合约法一点都不了解而吃外国公司大亏的中国国营企业是个警示。要知道，他们欠下的债务（主要是判决/裁决债务），即使能够在短时间内被逃避执行，就长远而言还是逃避不了的，而且会祸害子孙。

另谈到中国的《中华人民共和国仲裁法》之七十四条规定："法律对仲裁时效有规定的，适用该规定。法律对仲裁时效没有规定的，适用诉讼时效的规定。"但该仲裁法没有对裁决书的执行时效作出规定，而中国的诉讼时效是2 年，这样看来应该是 2 年。这一来，中国对裁决书必须采取法律行动进行执行的时效比英国短得多。由于今天对某些败诉方的执行会涉及漫长的寻找全球的资产（global asset hunting）与等待，估计想支持本国仲裁的国家把执行的时效延长会令本国的仲裁更受欢迎。

顺便也可以提到另一问题，就是双方当事人可否在订立仲裁协议的时候约定裁决书的时效？在英国法律而言，Limitation Act 的 6 年时效是法律的默示地位，订约方完全可以通过明示条文把它缩短（这经常发生），或延长（这很少发生）。但在现实中，很少会有仲裁协议去规定裁决书可以执行的时效，因为当事人在订约的时候很少会想到这么遥远的事情。至于中国法律会否承认有关中国仲裁的协议延长这 2 年的裁决书时效，例如规定裁决书有 10 年时效去执行，笔者并不清楚。因为国际上是否允许以明示条文去超越法律有关时效的默示地位的做法也是很不一样，例如法国法律只承认延长时效的明示协议，此协议是在发生争议后才达成的。但日本、印度或希腊等国家，据悉是不允许双方当事人通过协议延长法律的时效。

最后值得一提的是通过本先例可见到在《纽约公约》下，完全会发生同一个裁决书在一个执行法院被拒绝，但在另一个不同的执行法院被允许执行的情形。

二、执行裁决书的各种手段与做法

对裁决书的执行与对法院判决的执行一样。执行十分重要，否则仲裁庭的裁决书只是几张废纸，通过成功的执行就可以把这几张废纸变为花花绿绿的钞票。据称，部分外国的裁决书在中国大陆法院根据 1958 年《纽约公约》的执行通常毛病不是出在法院不肯去承认与执行，而是在真正的执行中发生困难或是延误。这有可能是败诉方其实是光棍一条或是财力不足去作出支付，这一来是所谓的"从石头中钻不出血"，世界上任何法院也不会有办法把败诉方的金钱逼出来，因为他根本没有这笔钱。但据闻也有一些不满就是中国大陆法院对执行不是太有效率或不熟悉。在这里，笔者只介绍英国法院最近的两个有关国际执行的重要判决，它们主要的一种执行手段与做法，名为"第三债务人命令"（Third Party Debt Orders，在香港还称为 Ganishee Orders）。这就是法院作出命令要求被执行的败诉方会有的第三债务人（例如是银行，因为败诉方有金钱存在账户里；或是有一个买卖合约，败诉方是卖方，第三债务人的买方欠下了货款）去把欠下的债务支付给胜诉方而不是原来债权人的败诉方。这就好像是一个强制的转让（assignment）。如果第三债务人不严格依照法院命令，就会构成藐视法院。所以，这种执行的手段与办法十分有效，只要败诉方还是有钱、或是还在经营。

1. "提供资料命令"（Order to Provide Information）

通常通过调查或是胜诉方自己掌握到的信息，就已经可以知道或估计到败诉方会有哪一些第三债务人的存在。如果想知道更多与更肯定，甚至可以考虑另一种执行的手段与办法，就是把败诉方传召到法院，要求一个"提供资料命令"。

这里的威吓力在败诉方不敢不出庭或/与不敢不讲或不讲真话，否则很容易会"民事"（欠债）变"刑事"（藐视法院或发假誓）。一般标准的问题可由法院提出。但若是胜诉方知道一些东西是法院不了解的，例如是对败诉方的经营或业务，有些什么新老客户，如果能知道，就可以为下一步锁定目标，作出"第三债务人命令"。胜诉方在事前应该去调查，这可以在法院向败诉方要求提供资料时把问题提得有针对性与全面。这种调查可以通过"调查员"（enquiry agent）进行。有说法是这种要求败诉方提供有关他的财力状况/资料其实是"最严厉的反盘问"（cross – exam of the severest kind）：Republic of Costa Rica v. Strousberg（1880）16 Ch. D. 8。这种查问也可以针对败诉方的收入、资产与使用。另也可以要求提供有关海外资产的资料：Interpool Ltd. v. Galani（1988）QB 738。

2. 第三债务人命令（Third Party Debt Orders）

如果能知道第三人（可以是败诉方的客户，生意伙伴，银行，或另一宗诉讼中会要赔钱的对手等）欠败诉方一笔钱，可向法院以宣誓书申请一个"第三债务人命令"把这笔钱冻结并强制转支付给胜诉方。这是根据 CPR 之 Part 72。若是第三人不服（例如他/她另有反索赔要对冲），可把这笔钱存入法院并提出抗辩。银行经常是第三人对象，但败诉方要逃避判决债务，恐怕经济也不会太好，所以以常会遇到的是银行出具一份证明给法院说明客户账号"没有钱"（no funds）。

2.1 可否命令第三债务人在海外的债务？

简单来说，这个问题可以一个简单的例子来说明。就是，英国法院可否命令中国银行的伦敦分行去把仲裁中的败诉方存在一个中国大陆帐户（例如在厦门或上海的账户）内的金钱支付给胜诉方。

这方面的重要发展值得一提，近期有了两个英国贵族院的先例，就是 Societe Eram Shipping Company Ltd v. Hong Kong and Shanghai Banking Corporation Ltd（2003）UKHL 30 与 Kuwait Oil Tanker Company SAK v. UBS AG（2003）UKHL 31。它们的重要性是法院判决或仲裁裁决中的胜诉方要求英国法院向伦敦的银行下令强制把败诉方在账户内的金钱转支付给胜诉方，如果涉及的是败诉方在该银行的伦敦账户内的金钱，这没有异议，英国法院肯定有权去管辖与作出命令，这本来就是一直以来的做法。但如果英国法院向一家在伦敦的银行下令强制把败诉方在该银行的海外账户内的金钱支付给胜诉方，这就会导致国际执行太容易了，胜诉方再也不必麻烦去中国或任何其他可能是执行裁决书比较困难的国家了。而对败诉方而言，他们再也无法安全躲在家里（本国）去逃避执行，因为无处可逃。由于伦敦是国际金融中心，外国的银行只要在国际上有一定规模，都会在伦敦有分行而受到英国法院的管辖。

2.2 两个贵族院先例的案情介绍

第一个贵族院先例案情是一家罗马尼亚公司想对两位法国自然人的败诉方执行一个判决，并相信败诉方在英国有财产。但事后发觉败诉方只在香港汇丰银行（HSBC）有一个账户，所以原告申请的命令是要求汇丰银行（伦敦总行）把败诉方在香港账户的金钱转支付给他。至于原告为什么不去香港法院要求同一个命令就不知道了。反正在英国法院，上诉庭也的确做出了这一个命令。但汇丰银行向贵族院提出上诉，显然这对银行来讲也是一个十分重要的发展。

在第二个贵族院先例中，原告作为上诉方也是没办法找到败诉方的财产去执行，但胜诉方知道败诉方曾经一度在瑞银（UBS）的瑞士总行与英国分行有帐户，这导致了胜诉方向英国法院申请一个"第三债务人命令"，而被告就是瑞银。瑞银否认败诉方在伦敦分行有账户，但针对瑞士总行拒绝透露任何资料，（这是根据《瑞士银行保密法》），在贵族院，面对的问题就是应否在这样的情况下对瑞银的瑞士账户作出"第三债务人命令"。还有一点特殊的是本先例涉及了欧共体的法律，而第一个先例却没有涉及。

2.3　贵族院的考虑

贵族院注意到 CPR Part 72 没有去区分是英国第三债务人（即银行欠败诉方存在英国账户的金钱）或是海外第三债务人。但贵族院有几个重大的考虑，如下：

（1）"第三债务人命令"是属于一种针对财产（in rem）的命令，而不是对人（in personam）的。换言之，账户内的金钱才是针对的财产，海外账户就不在英国法院的管辖权内。

（2）海外账户受到海外法律的管辖，例如是属于香港法律或瑞士法律管辖。他们的法律会与英国法律有冲突（例如不承认外国法院作出的命令，甚至本国的法律也没有这种"第三债务人命令"的做法），这就会导致被告（作为第三人的银行）根据英国法院命令把应付给败诉方的金钱转支付给胜诉方，有可能面对双重支付的危险，就是导致有关银行要多支付一次给败诉方。

（3）即使没有双重支付的危险，这种做法也会影响国际之间的友好（international comity）。

（4）针对第二个先例，还涉及了欧共体的法律。这是 Lugano Convention 之 Article 16（5）："In proceedings concerned with the enforcement of judgments, the courts of the contracting State in which the judgment has been or is to be enforced ［are to have exclusive jurisdiction］."换言之，贵族院认为在这一个欧共体的公约下，由于第三人的债务是在瑞士（瑞士账户），所以瑞士法院才拥有管

辖权。

3. 总结

总结说，贵族院认为在 CPR Part 72 下，英国法院无权针对伦敦银行的海外账户去下命令要转支付给判决/裁决的胜诉方。而即使有这样的权利，英国法院也不应该作出这样的命令。

当然将来这方面会否有变数还是难以预料。但由于是贵族院在两个近期的先例作出的决定，恐怕在短期内不会有改变。但考虑 Mareva 禁令（或称"冻结令"［freezing order］）的例子，最初英国法院也只是针对在英国的资产（包括银行账户）去做出冻结：Ashtiani v. Kashi（1987）QB 888。但估计是英国法院发觉这种做法并不影响伦敦作为国际金融中心的地位，而相对放宽 Mareva 禁令更对英国作为商业法律中心的地位有很大的帮助，所以，就在 Babanaft International Co SA v. Bassatne（1990）Ch. 13，把 Mareva 禁令伸延至全球的资产，例如在伦敦设立银行的海外账户都可以被冻结（注意这不是指执行，所以有一些特殊的要求，例如资产会有危险流失/消失等）。但相比在新加坡，就有了一个上诉庭的先例，名为 Swift – Fortune Limited v. Manifica Maritime SA（2006）SGCA 42，判新加坡法院无权为了外国的仲裁针对在新加坡银行的账户，据闻部分原因是怕影响新加坡作为亚洲银行/金融中心的地位。

另外，英国法院针对银行的海外账户会有更大的顾虑。但相对败诉方其他的在商业活动中产生的债权，例如是第三人的买方欠败诉方的货价，英国法院会否有同样的顾虑，还要进一步看这一方面的发展。

论释明权在仲裁程序中的理解与运用

刘凯湘[*]

一、释明权的性质探究

释明权是域外法上基于民事诉讼理论与实践的发展而逐步创立的一项学说与制度，其本质是大陆法系在当事人主义和辩论主义模式下适度扩张法官职权的产物。

所谓释明权，其基本含义是指当事人在诉讼过程中的请求、声明、主张、举证等不清楚、不明确、不充分，进而可能影响案件的实质审理结果时，法官以提问、询问、提醒、启发等方式，裨使当事人对自己的请求、声明、主张、举证等进行补充、澄清、明确，以促进当事人与法官之间的意思沟通与联络，相对正确而公正地处理案件。

释明权到底是法官的一项权利还是义务，理论上一直存有争议，但这种理论上的争议并未影响释明权制度的建立与渐趋完善。其实，无论是将释明权理解为法官的一种权利抑或一种义务，都是以承认法官享有释明权为前提，承认释明权对于案件正确与公正处理的积极意义，承认释明权对于矫正当事人主义和辩论主义之局限的功能。在不少案件中，如果没有释明权制度，如果法官不能妥当地行使释明权，就极有可能影响案件的正确与公正处理。所

---

* 北京大学法学院教授，博士生导师。

以，如果上升到理论层面，就意味着如果没有释明权制度，就有可能导致民事诉讼不能按照其所预定的目的运行。①

当然，就学理而言，将释明权理解为一种法官的权利或义务仍然是具有一定实质意义的，因为如果将释明权视为法官的义务的话，则当法官未行使释明权（准确地说是未履行释明义务）时便有可能被指责为违法，进而可能影响到判决的效力。②

尽管释明权理论与制度均源于民事诉讼法律制度与实践，但基于商事仲裁与民事诉讼的相似性甚至某些方面的同质性，在仲裁实践中运用释明权制度当为顺理成章之事。而由于现有的关于释明权的理论探讨仅限于民事诉讼领域，仲裁领域罕有涉及，故本文旨在抛砖引玉，期待有更多的同仁来探讨仲裁领域的释明权问题。

二、释明权的功能

释明权源于大陆法系民事诉讼放任的当事人主义或曰辩论主义模式下对法官职权的一种扩张，而法官职权扩张之目的在于矫正由放任的当事人主义或辩论主义带来的某些不利因素，这些不利因素集中体现在法官中立主义的极端化进而忽视民事诉讼中可能或实际存在的程序不公正或实体不公正，以及当事人实际诉讼地位的不平等。

具体而言，仲裁过程中的释明权制度具有以下功能：

（一）促进仲裁员与当事人之间的沟通与交流，避免突袭裁判，提高仲裁效率

仲裁事实上是一个尽可能通过仲裁庭的积极参与而促使当事人协商解决争端的方式，但仲裁庭积极参与的前提是仲裁员已经完全知晓各方当事人的真意，而探明当事人真意的途径显然离不开仲裁员与当事人之间一定程度的

---

① 张卫平：《程序公正实现中的冲突与衡平》，成都出版社，1993年4月版，第29页。
② 肖建华、陈琳："法官释明权之理论阐释与立法完善"，http：//www.civillaw.com.cn/article/default.asp? id＝40200，最后访问时间：2008年11月15日。

沟通与交流。由于仲裁所涉商事案件的复杂性，加之相关法律法规的复杂性，再加上当事人一方可能存在的法律知识欠缺或仲裁经验匮乏，便有可能使得当事人无法提出恰当的仲裁主张，或者虽然提出了恰当的仲裁主张却不能提出与之相适应的、对形成仲裁裁决具有重大影响的事实及相关的证据材料。而释明权的行使能够保证在发生上述情况时仲裁员以仲裁庭已有的证据和当事人现有的陈述为基础，及时与当事人进行沟通与交流，提醒或启发当事人，探明当事人的真意，预防仲裁程序与结果偏离当事人的本意，促使当事人明确其主张，补充其不足，排除其不当。释明权的行使不仅能够使仲裁员及时探明当事人的真意，使仲裁能够围绕当事人的真实和恰当请求而展开，而且能够使当事人较为准确地探知仲裁员对案件的心证与基本的法律见解，进而避免对当事人的突袭裁判。诚如学者指出的："事实与法牵连难分，如果当事人与法院所理解的法律依据存在差异，不通过法院的释明，当事人难以预料法院的法律见解，也就不可能对事实与法律问题进行充分的辩论。承认当事人对有关事实的支配权与认可法院的法解释适用权限的矛盾需要释明权加以缓和。"①

　　仲裁实践中，很多人包括很多仲裁员在观念上有一个障碍，觉得如果仲裁员与当事人就案件事实、证据、仲裁请求、法律关系、仲裁员对案件的初步判断等进行沟通或交流，便会失去公允与公平，甚至是违法。这种观念使得释明权在我国的仲裁实践中很难推行。事实上，正是由于仲裁员不能及时有效地行使释明权，反过来使得有的仲裁案件不能得到妥善的处理，使得仲裁裁决的执行效果受到较大的影响。例如，在一起联合开发建设房屋的合作纠纷中，申请人（投资方）的仲裁请求是要求被申请人继续履行合同，并赔偿违约损失，基本事实是申请人为这一合作项目已经投入8000多万元，现由于被申请人迟迟未办理开发土地的划拨转出让手续，导致已建成的房屋无法销售，故请求被申请人继续办理协议项下约定的报批等义务，并赔偿迟延履

---

① ［日］山本和彦："民事诉讼中关于法律问题的审理构造（4）"，载《法学论丛》120卷1号，1997年版。转引自张力："释明权研究——以当代中国的释明权制度构建为中心"，中国人民大学博士论文，2004年，第16页。

行合同给其造成的损失。仲裁庭经过两次开庭后，最终制作并签发了仲裁裁决书，裁决结果就一条，即认定合作协议无效，驳回申请人的全部仲裁请求。裁决结果出来后，申请人非常怨怒，他们提出：如果仲裁庭最终要认定合作协议无效，应当提醒当事人是否需要增加或变更仲裁请求，仲裁庭事先不透露任何可能性的观点或结局，突然裁决合作协议无效，申请人的全部仲裁请求被驳回，但当事人之间的纠纷根本就没有得到任何解决，现在申请人在拿到认定合作协议无效的裁决书的情况下，只好再去仲裁委员会提起返还之诉，为此仅仲裁费就又多支出了几十万元，而且继续耗费精力在此案中。如果当初仲裁庭在掌握案件基本事实和证据材料的情况下有认定合同无效之心证，在此情况下如果能够由仲裁员行使释明权，提醒申请人系争协议有可能被认定为无效，由其考虑是否提出新的仲裁请求或变更原来的仲裁请求，例如提出若继续履行之请求不能得到支持则请求返还投资款和赔偿损失，则不会发生如此之诉累，当事人也不会有如此之怨怒。

释明权除了能够起到沟通仲裁员与当事人之间信息的作用，还能够起到沟通当事人相互之间信息的作用，而此一沟通对于当事人之间的和解有时是非常重要的。

（二）释明权能够平衡当事人之间的仲裁能力，促进当事人之间实质平等的实现

一方面，在具体的个案当中，双方当事人的法律知识、仲裁经验、辩论技巧、举证能力等都会存在差异，这种差异有可能导致实质结果的不公平，而由于上述因素的差异导致实质结果的不公平显然有悖仲裁作为当事人自愿选择的纠纷解决机制之宗旨。另一方面，即使在双方当事人上述诸方面并不存在差异的情况下，也可能存在对仲裁员心证、法律见解等方面理解上的偏差，如果没有及时和有效的沟通与交流，同样可能导致对一方当事人的不公平，使得一方当事人处于弱势地位。释明权的行使能够很好地弥补上述客观存在的缺陷，平衡当事人之间的仲裁能力"，进而有助于实现司法的实体公正。①

三、我国释明权制度的现状与存在的问题

民事诉讼法领域提出释明权观点大约在 2000 年初期。就立法而言，《民事诉讼法》以及最高人民法院《关于适用民事诉讼法若干问题的意见》都未对释明权作出规定。最早对释明权作出规定的应当是 2001 年 12 月最高人民法院通过的《关于民事诉讼证据的若干规定》，其中涉及释明权的条文有 4 条，即第 3 条第 1 款、第 8 条第 2 款、第 33 条第 1 款、第 35 条第 1 款。② 其中，第 3 条第 1 款和第 33 条第 1 款涉及的是法院告知当事人举证责任分配、举证期限等有关举证方面的指导与释明，第 8 条第 2 款涉及的是针对适用拟制自认规则时法官的充分说明与询问义务，第 35 条第 1 款涉及的是法院对当事人诉讼请求变更的释明。

目前，我国关于释明权制度的唯一法律渊源就是最高人民法院发布的该司法解释，应当说该司法解释具有前瞻性与指引性，在法律尚未对释明权问题作出任何规定的情况下通过适用法律的司法解释途径对释明权作出了若干规定，且对司法实践有明确的指导作用，十分难能可贵。但是，该司法解释本身也存在诸多的缺陷与不足，表现为：

---

① 参见扈亭河："论规范法官释明权的机制构建"，http：//www. civillaw. com. cn/article/default. asp？id＝39977，最后访问时间：2008 年 11 月 15 日。

② 第 3 条第 1 款内容为："人民法院应当向当事人说明举证的要求及法律后果，促使当事人在合理期间内积极、全面、正确、诚实地完成举证。"第 8 条第 2 款内容为："对一方当事人的陈述，另一方当事人既不表示承认也未否认，经审判人员充分说明并询问后，其仍不明确表示肯定或者否定的，视为对该项事实的承认。"第 33 条第 1 款内容为："人民法院应当在送达案件受理通知书和应诉通知书的同时向当事人送达举证通知书，举证通知书应当载明举证责任的分配原则与要求、可以向人民法院申请取证的情形、人民法院根据案件情况指定的举证期限以及逾期举证的法律后果。"第 35 条第 1 款的内容为："诉讼过程中，当事人主张的法律关系的性质或者民事行为的效力与人民法院根据案件事实作出的认定不一致的，不受本规定第 34 条规定的限制，人民法院应当告知当事人可以变更诉讼请求。"该条所援引的第 34 条规定的内容为："当事人应当在举证期限内向人民法院提交证据材料，当事人在举证期限内不提交的，视为放弃举证权利。对于当事人逾期提交的证据材料，人民法院审理时不组织质证，但对方当事人同意质证的除外。当事人增加、变更诉讼请求或者提起反诉的，应当在举证期限届满前提出。"

其一，尽管规定了实质意义的释明权制度，但未能明确使用释明或释明权的概念，使得释明权制度缺乏统一的制度名称与学术概念，进而使得释明权制度的合法性与重要性仍然缺乏基本的制度渊源。

其二，对释明权的性质未予明确，法官向当事人进行释明到底是行使权利还是履行义务不清楚。由于释明权的性质不明确，使得释明权制度缺乏必要的约束机制，对法院应当行使而未行使或者不应当行使而行使释明权的后果未予规定。

其三，对释明权的适用范围缺乏明确的指引。尽管该司法解释列举了数种法官应当向当事人进行释明的情形，内容已经涉及到举证责任分配、举证期限、拟制自认、变更诉讼请求等方面，但域外理论与实践中公认的应当进行释明的诸多其他情形未予规定，使得法官很难把握到底在哪些情形下可以或者应当进行释明。

其四，对释明权的行使程序、原则、方式等亦缺乏相应的规定。例如，当法官发现法律行为的效力与当事人的理解或主张出现明显或重大不符时，法官应当如何向当事人进行释明、在何时可以向当事人进行释明、是向一方当事人进行释明还是向双方当事人进行释明、释明后若当事人仍然坚持自己的理解或主张将产生怎样的后果等，均未明确。

由于司法解释上述问题与缺陷的存在，加之理论上的模糊，使得实践中法官对待释明权缺乏应有的积极性与主动性，普遍的情形是消极对待释明权，能不释明的尽量不释明，甚至应当释明的也怠于释明。有的法官过分强调法院或法官的中立性，在整个诉讼过程中都显得消极被动，对当事人的不当陈述、主张、请求、举证等都置若罔闻，根本不做必要的说明、询问、提示，使得当事人之间、当事人与法官之间都缺乏必要的沟通，最后极易造成突袭裁判，引发当事人的怨怒，而判决的执行也因此受到消极的影响。①

---

① 也有观点认为根据我国民事诉讼法的理论和实践，法官根本就不需要释明权，因为法官在审判程序中的角色十分积极，法官不仅释明，而且还越俎代庖，甚至直接充当当事人的代言人。参见李相波："论法官释明权（一）"，http://www.civillaw.com.cn/article/default.asp? id = 9477，最后访问时间：2008 年 11 月 15 日。此一见解有其合理性，但法官过于主动的角色与释明权是有本质性区别的。

仲裁实践中释明权的适用情形同样不容乐观，尽管可能比法院的诉讼实践情形稍好一些。

四、释明权的适用范围

确定释明权的适用范围非常重要，但又难于精确，这是一个矛盾。适用范围过窄，难以发挥释明权的应有作用，而过宽又有越俎代庖甚至取代当事人处分其实体与程序权利之嫌。所以，确定释明权适用范围首先需要明确的原则是宽严适度，避免过宽或过窄。①

笔者以为，释明权的适用范围可以包括以下四个方面：

（一）促使当事人明确其请求、主张的释明

此种情形通常是法官或仲裁员发现当事人的诉讼请求或仲裁请求、反诉或反请求本身，或其依据的案件基本法律关系的性质或法律行为的效力不清楚或不明确，即应向当事人进行询问，裨使当事人明确其请求或主张，包括排除不当的请求或主张。例如，在一起分时度假合同纠纷的仲裁案件中，申请人在仲裁申请书中提出的仲裁请求是确认合同无效，继而要求返还其已支付的合同项下的款项和赔偿其损失，但在事实与理由部分申请人却在极力说明被申请人在签订合同时对申请人进行夸大的宣传和虚假的陈述，引诱申请人上当，被申请人的行为构成《合同法》第54条规定之欺诈，申请人正是受了被申请人的此等欺诈才产生了缔约的想法。在经过两轮辩论后申请人仍坚持这样的观点。此时，仲裁员即向申请人询问其是否确认其认定合同无效的仲裁请求同时坚持受欺诈的事实，当得到代理人肯定的答复时，仲裁员向其提醒：若申请人坚持受欺诈的事实与理由，被申请人构成欺诈，则诉争协议的性质属于可变更可撤销的合同，而不是无效合同，二者的权利主张期间、法律依据、举证事实、法律后果均不相同，仲裁庭不可能在认可申请人主张的欺诈事实的同时又支持申请人关于合同无效的请求。申请人的代理人此时

① 尹富钢："法官释明权制度建构研究"，http：//www.civillaw.com.cn/article/default.asp？id=34298，最后访问时间：2008年11月15日。参见张卫平："证明标准建构的乌托邦"，载《法学研究》2003年第4期。

表示：申请人的仲裁请求变更为请求撤销合同。试想此种情形如果仲裁庭不向当事人进行释明，即使查清和认可了被申请人欺诈的事实，也无法支持申请人关于认定合同无效的仲裁请求，而申请人又未提出变更或撤销合同的请求，仲裁庭不可能擅自变更其仲裁请求，其结果很可能是唯一的选择：驳回申请人关于认定合同无效的仲裁请求，而这样显然没有解决纠纷，申请人只能另行提起仲裁，徒增诉累。

（二）提醒当事人补充不完整主张或陈述的释明

审判和仲裁实践中经常遇到这样的情形：当事人尽管提出了合理的请求或主张，或对事实或法律关系进行了合理的说明，但这种主张或说明却是不周全、不完整、不详尽或不充分的，并可能因此影响法官或仲裁员对案件事实或法律关系性质的判断，或不能充足地支持当事人的请求或主张，此时应当向当事人予以释明，裨使当事人对不完整、不周全、不详尽、不充分的主张或陈述进行必要的补充、解释或说明。例如，在一起租赁合同纠纷的仲裁案件中，因出租人（被申请人）的物业拆迁而提前终止合同，合同约定租期为 10 年，纠纷发生时已经履行 7 年，承租人（申请人）提起仲裁请求出租人赔偿其各项损失，其中有一项是赔偿其合同剩余 3 年时间的可得利润损失，具体数额为 500 万元。但是，申请人既未说明为什么剩余 3 年的利润属于赔偿的范围，其与出租人的违约行为之间存在何种因果联系，亦未说明 500 万元利润的计算依据，只是笼统地主张赔偿其因提前终止合同而不能获得的剩余 3 年的利润。仲裁庭认为，此项请求本身有其合理性，但申请人必须对其合理性予以充分的说明，而不是简单地提出请求，或简单地陈述系被申请人的违约行为所致。最终，申请人就此问题进行了详细的分析，特别说明了该项请求与其他各项赔偿损失请求之间的关系、与违约行为之间的因果联系，并就 500 万元的计算依据予以了充分的解释和论证。仲裁庭最终支持了其该项请求。设想如果此案仲裁庭不进行释明，则对于上述 500 万元可得利润的赔偿请求，不外乎两种结果：或支持，或驳回；若支持，理由不充分，被申请人更会不服；若驳回，申请人可能为此项请求不得不另行提起仲裁，均欠妥帖。而通过释明，问题得到了很好的解决，被申请人最终对仲裁庭支持此项请求亦表示能够理解和接受。

（三）举证指导的释明

诉讼和仲裁中，证据是至关重要的。依笔者的理解，法官或仲裁员审理案件，一半的功夫花在分析法律关系的性质与类型、法律行为的效力上，一半花在证据的有效性、关联性认定上，而证据的提出、审查、认定、采信均有其严格的要求与规则。如何将客观事实转化为法律事实，从而使其成为定案的依据，关键在于当事人的举证行为。而当事人由于法律知识、诉讼与仲裁经验与技巧等诸多能力所限，可能难以分清甚至根本分不清各种证据的类型、意义、举证方式、证明对象等，或该举证的而未举证，或所提交的证据在程序上不合规则要求，或证据形式不合格，或所提交的是与本案无关的材料。所以，法官和仲裁员有义务对当事人的举证进行适度的指导，以防其偏离案件主题，或漏举重要证据，或举证方式出错，而所有这些产生于当事人方面的举证纰漏可能会影响整个案件审理程序的正常进行或实体认定的偏差。例如，在一起房屋买卖合同纠纷仲裁案件中，申请人（业主）主张其聘请的工程监理张某某可以证明当时房屋严重漏水的事实，并出具了张某某亲笔书写的证言一份，但是被申请人对这份证言证据的真实性、有效性均予以否认。仲裁庭即向申请人提醒：此份证据须由证人张某某亲自到庭接受对方当事人和仲裁庭的质询才有可能作为有效证据采纳，否则无法采信。申请人遂联系到了张某某，并说服其到庭接受质询，最终仲裁庭作出了有利于申请人的裁决，而证人张某某的出庭作证起了重要的作用。

举证指导的释明事实上源于复杂的举证责任分配原理，而举证责任的分配原理和证明标准的确立几近虚无晦涩，如果没有法官或仲裁员在这方面的释明与指引，判决的实体公正便极难实现。

（四）法官或仲裁员观点的释明

此一释明亦可以表述为法官或仲裁员见解开示。这是释明权范围中最难以把握但又十分重要的一项释明。法官或仲裁员基于已有的事实、证据和当事人均知晓的案件线索和素材，在最终裁决之前，为使案件得以公平、高效、合理地解决，防止当事人不必要地揣摩法官或仲裁员的意思和观点，尤其为预防突袭裁判，法官或仲裁员在对案件形成初步判断的基础上，应当就案件的法律关系性质、法律行为效力等基本要素向当事人予以释明，特别是当法官或仲裁员的上述初步判断可能与当事人一方或双方的请求、主张、举证、陈述等存在较大甚或实质性偏差时，此种释明显得尤为重要。例如前述房屋联建纠纷案件中，申请人（投资方）的仲裁请求是继续履行合同并由被申请人（出地方）承担延误报批相关手续的违约责任，被申请人则以诉争协议无效为由抗辩，请求驳回申请人的全部仲裁请求。仲裁庭初步判断为合同无效，但未向申请人予以释明，申请人则坚信合同有效，请求继续履行。后仲裁庭裁决认定合同无效，驳回申请人的全部仲裁请求。尽管仲裁庭对合同无效的认定本身是正确的，但由于未对合同效力的初步判断进行必要的释明，申请人未能增加或变更选择性的请求，在败诉后不得不另行提起关于返还本金（投资款）和利息、赔偿实际损失的仲裁请求，申请人为此花费了又一次的仲裁费和律师费，并耽误了时间，对此申请人会非常怨怒。如果仲裁庭在形成初步判断后能够向申请人进行必要的释明，申请人可以提出选择性的仲裁请求，即先请求继续履行合同，若仲裁庭认定合同无效则请求返还投资款和赔偿实际损失，便可以一并彻底解决当事人之间的纠纷，避免诉累。

此处再举一例详述仲裁员法律观点释明之适用：在一起商品房买卖合同纠纷中，申请人的仲裁请求是认定被申请人违约，并由被申请人继续履行合同，向申请人交付房屋，同时承担迟延履行的违约责任。被申请人抗辩称，其与申请人签订的合同名义上是房屋买卖合同，但实际上双方的真实意思表示不是买卖房屋，而是融资关系，即申请人向被申请人提供房屋建设所需资金，被申请人到期返还融资款项并支付利息，合同中所约定违约金其实就是利息；为避免申请人的后顾之忧，防止被申请人到期无力归还借款，双方在融资协议外又签订了一份房屋买卖合同，所以双方的法律关系是名为买卖实为融资或信托。申请人则坚持双方之间系买卖合同关系，且只有房屋买卖合同中有仲裁条款而融资协议中没有仲裁条款。仲裁庭经过第一次开庭审理发现：在双方签订房屋买卖合同之前，双方确实签订了一份《融资协议书》，该协议书约定申请人通过信托方式向被申请人提供融资，融资规模为1亿元，具体操作方式则是先由申请人购买被申请人的不动产、尔后由被申请人提出解除合同、被申请人因单方解除合同而向申请人返还房款和支付违约金，违约金事实上含有利息性质。其后，双方签订了房屋买卖合同，又陆续签订了3份

补充协议，对双方在房屋买卖合同项下的权利义务及合同的履行方式等作出
了新的安排。其中，约定了在申请人支付购房资金 1 亿元后，被申请人即可以
行使合同解除权，并可以向第三人出售申请人所购房屋，被申请人则向申请
人返还购房款并支付违约金，违约金的数额相当于《融资协议书》中约定的
资金利息。

　　对此，仲裁庭认为，尽管申请人系一信托投资公司，其与委托人、受益
人之间的法律关系适用信托法律制度，但在本案中，申请人并非直接向被申
请人提供融资服务，系争协议为典型意义上的房屋买卖合同，合同约定的权
利义务也是买卖合同项下的权利义务，仲裁庭所能管辖的范围也仅限于买卖
合同，被申请人关于双方之间名为买卖实为融资关系的主张仲裁庭不能支持。
既然法律关系的性质被确定为买卖合同，而买卖合同中出卖人最主要的义务
就是向买受人交付合同约定的标的物，本案中系争协议详细约定了出卖人交
付标的物即房屋的标准、条件和时间，并约定相应的违约责任，故被申请人
应当按约定承担交付房屋的义务，除非合同已被解除。如此看来，支持申请
人的仲裁请求似乎不成问题。但是，仲裁庭经过审理发现，在双方当事人签
订房屋买卖合同不久，双方又陆续签订了 3 份补充协议，其中，补充协议
（一）明确约定：买受人（即申请人）同意出卖人（即被申请人）于实际支
付购房款之日后可单方解除合同，并返还全部购房款和支付违约金，违约金
的比例依解除合同的时间而相应增加，即越早解除违约金比例越低。补充协
议（二）明确约定：出卖人在解除合同后即可对外出售买受人所购之房屋。
且仲裁庭查明事实上出卖人已经将买受人所购之房屋中的大部分出售。从以
上补充协议可以得出以下结论：第一，解除合同是双方共同的意思表示；第
二，通过解除合同、被申请人返还购房款和支付违约金，以实现申请人资金
安全回笼之预期，此乃双方当事人订立房屋买卖合同之真实目的；第三，出
卖人解除合同、处分买受人所购房屋已经成为一种事实。不仅如此，买受人
还在支付购房款后即发函催促出卖人尽快解除合同并返还购房款和支付违约
金。基于上述事实和初步判断，仲裁庭向申请人进行法律观点释明，阐明仲
裁庭对此案法律关系性质的基本判断，并向申请人说明：其仍然可以坚持原
来的仲裁请求即由被申请人交付房屋，但此一请求存在较大的风险，而一旦

该请求不能得到支持，则于本案而言只能驳回其仲裁请求，而这种结果实际上并没有解决当事人之间的纠纷，申请人还得为追回购房款而另行提起仲裁；申请人亦可以在坚持原来请求的前提下增加选择性（或然性）的请求，即在仲裁庭不支持其第一种请求的情况下，则提出第二种请求，即放弃继续履行合同的请求，而请求被申请人承担违约责任，追回全部购房款及违约金。申请人在仲裁庭进行释明后增加了选择性仲裁请求，仲裁庭最终支持了其第二种请求，双方当事人对仲裁庭的处理结果均表示满意。

论非内国裁决的法律性质

——兼论《纽约公约》的适用范围

赵秀文[*]

- **内容摘要**

　　《纽约公约》主要适用于对外国仲裁裁决的承认与执行，但它同时也适用于对非本国裁决的承认与执行。然而，何谓，非本国裁决[②]，它与外国裁决究竟有何区别，两者是否可以划等号？一直困扰着我国学术界和司法界。本文作者经过多年的研究认为，《纽约公约》项下的非内国裁决有其特定的含义，它所针对的仅仅是裁决地与裁决执行地在同一国家的情况。非本国裁决对于裁决地和裁决执行地国家的法院而言，既不是本国裁决，也不是外国裁决。

- **关键词**

　　《纽约公约》　外国裁决　非本国裁决　承认与执行

　　今年是 1958 年《承认与执行外国仲裁裁决公约》[③] 通过五十周年。50 年

---

　　[*]　中国人民大学法学院教授、法学博士、博士生导师，国际仲裁研究所所长。

　　[②]　本文论述的非本国裁决，与一般出版物上所称的"非内国裁决"含义相同，都是《纽约公约》第 1 条第 1 款第二个句子规定的 arbitral awards not considered as domestic。

　　[③]　关于《纽约公约》的全文，可参见 http://www.uncitral.org/pdf/english/texts/arbitration/NY-conv/XXII_ 1_ e.pdf。

前，24 个国家在联合国所在地美国纽约签署了此公约，故称《纽约公约》（以下简称为《纽约公约》）。截至 2008 年 10 月 29 日，该公约的缔约国已多达 143 个。[①] 这就是说，包括我国在内的世界上多数国家都承担了根据《纽约公约》规定的条件承认与执行外国仲裁裁决的国际法上义务：我国仲裁机构裁决可以在世界上一百多个国家按照《纽约公约》规定的条件得到承认与执行，同时我国法院也承担了按照公约规定的条件承认与执行外国仲裁裁决的义务。

今年也是我国改革开放三十周年，我国涉外仲裁事业的发展，与我国所实施的改革开放政策同行。此外，今年还是《纽约公约》对我国正式生效 20 周年之后的第一个年头。[②] 在过去的二十多年间，我国严格遵守《纽约公约》的规定和我国在加入公约时作出的互惠保留声明和商事保留声明，按照公约规定的条件承认与执行在公约缔约国领土内作出的仲裁裁决。

《纽约公约》不仅适用于对外国仲裁裁决的承认与执行，同时也适用于非本国裁决的承认与执行。然而，何谓非本国裁决，它与外国裁决究竟有何区别，两者是否可以划等号，一直困扰着我国学术界和司法界。笔者结合多年来对国际商事仲裁法的教学、科研与实务，试图对上述问题谈谈自己的一孔之见，欢迎各位同仁和读者批评指正。

一、《纽约公约》的适用范围

《纽约公约》的适用范围规定在公约第 1 条（1）款："本公约适用于在申请承认与执行裁决地国家之外的国家领土内就自然人或法人之间的争议而作

---

① 截至 2008 年 12 月，《纽约公约》共有 143 个缔约国。中国于 1987 年 4 月成为该公约的缔约国。关于缔约国的具体情况，参见 http://www.uncitral.org/uncitral/zh/uncitral_texts/arbitration/NYConvention_status.html。

② 第六届全国人大常委会第 18 次会议于 1986 年 12 月 2 日通过了关于我国加入《纽约公约》的决定，我国政府于 1987 年 1 月 22 日向联合国提交了批准书，公约于同年 4 月 22 日对我国正式生效。我国在提交批准书时对公约作了两点保留声明：即互惠保留声明和商事保留声明：（1）中华人民共和国只在互惠的基础上对在另一缔约国领土内作出的仲裁裁决的承认和执行适用该公约；（2）中华人民共和国只对根据中华人民共和国法律认定为契约性和非契约性商事法律关系所引起的争议适用该公约。

出的裁决。对于承认与执行地国认为不属于其本国裁决的，本公约同样予以适用。"① 解读上述规定，《纽约公约》项下的裁决包括以下两种情况。

（一）外国裁决的承认与执行

《纽约公约》项下的外国裁决，按照公约第 1 条（1）款第一个句子的规定，是指仲裁庭"在申请承认与执行裁决地国家之外的国家领土内就自然人或法人之间的争议而作出的裁决"。《纽约公约》第 1 条（1）款第一个句子中的规定显然是指在申请执行地国以外的国家领土内作出的裁决。而这里决定"外国裁决"的标准是地域标准，即当事人在向缔约国法院申请承认与执行在法院帝国以外的国家作出的裁决，均为外国裁决。在国际商事仲裁立法与实践中，地域标准是《纽约公约》适用最为普遍的标准。

根据公约第 10 条（1）款的规定，任何国家在签署、批准或者加入时均可对公约的适用范围作出声明，即公约是否适用于该国在国际关系中所承担责任的所有国家或者其中的任何国家的领土范围内。此项声明自公约对该关系国生效时发生效力。② 在各国的司法实践中，缔约国根据此款规定在签署、批准或者加入时可以作出保留，声明只承认与执行在《纽约公约》缔约国领土内作出的仲裁裁决。这样的保留声明被称为互惠保留（reciprocity reservation）声明。《纽约公约》142 个缔约国中约有三分之一的国家在加入公约时提出了互惠保留声明。③ 作出互惠保留声明的后果是：这些国家只按照公约规定的条件承认与执行在缔约国国家领土内作出的仲裁裁决，对于在非缔约国境内作出的裁决的承认与执行，不适用《纽约公约》规定的条件。而对

---

① 该款的英文原文为："This Convention shall apply to the recognition and enforcement of arbitral awards made in the territory of a State other than the State where the recognition and enforcement of such awards are sought, and arising out of differences between persons, whether physical or legal. It shall also apply to arbitral awards not considered as domestic awards in the State where their recognition and enforcement are sought. "

② 《纽约公约》第 10 条（1）款规定的英文是：Any State, at the time of signature, ratification or accession, declare that this Convention shall extend to all or any of the territories for the international relations of which it is responsible. Such a declaration shall take effect when the Convention enters into force for the State concerned.

③ 关于提出保留的国家的具体名称，可参见 http: //www. uncitral. org/uncitral/zh/uncitral_texts/arbitration/NYConvention_ status. html。

于未作出此项保留的国家而言，这些国家的法院应当根据公约规定承认与执行所有的在其本国境外作出的外国裁决，无论此项裁决是否在公约缔约国境内作出。

从《纽约公约》的上述规定和许多国家的国际商事仲裁立法与实践看，地域标准（也可称为仲裁地标准）在确定国际商事仲裁裁决的国籍中发挥着最为重要的作用。而这里的地域标准，关键就是仲裁地点位于哪一个国家。例如，《奥地利执行令》第1条（16）款和第79条规定，"在奥地利，仲裁裁决的国籍由仲裁裁决作出的地点决定。"[①] 据此，在奥地利以外作出的仲裁裁决依法被认定为外国裁决。又如，根据瑞典1999年仲裁法第52条规定，在国外作出的裁决应视为外国裁决。依照本法，裁决应视为在仲裁地所在国作出。[②] 因此，凡是在瑞典境内作出的仲裁裁决，均视为瑞典裁决，即便双方当事人不是瑞典的居民，瑞典法也不是解决该裁决项下争议的法律。只要国际商事仲裁在瑞典境内进行，尽管该仲裁当事人不是瑞典人，在瑞典也没有惯常住所或者营业所，仲裁程序所适用的不是瑞典法，仲裁庭成员也不具有瑞典国籍，这些都不重要，重要的是仲裁在瑞典进行，瑞典作为仲裁地点，裁决在瑞典作出，这样的裁决就是瑞典裁决。根据瑞典斯德哥尔摩商会仲裁院1984年出版的《在瑞典仲裁》一书，在区分仲裁裁决的国籍时适用地域标准，其中仲裁程序进行的地点具有决定性的作用，而不是签署裁决的地点[③]。美国在加入《纽约公约》时和法院在审判实践中所坚持和适用的也是地域标准。[④]

各国在其有关国际商事仲裁的立法实践中，一般都对在其境内进行的仲

---

① Exekutionsordnung—Gesetz vom 27. 5. 1896, RGBL. No. 79 Uber das Exekutions—und sicherungsverfahren, as revised by BGBL, No. 140、1979.

② 关于瑞典仲裁法的全文，可参见宋连斌、林一飞编译：《国际商事仲裁资料精选》，知识产权出版社，2004年，第407－420页。

③ 转引自 Petar Sarcevic，" The Setting Aside and Enforcement of Arbitral Awards under the UNCITRAL Model Law"，载 Essays On International Commercial Arbitration"，Graham & Trotman、Martinus Nijhoff，1989，at p. 178，footnote 5.

④ 美国加入该公约时作出了互惠保留声明。关于美国的司法实践，参见美国纽约南区地方法院1990年对国际标准电器公司案的判词。载赵秀文主编：《国际商事仲裁案例评析》，中国法制出版社，1999年，第239页。

裁实施撤销裁决的司法监督权，包括法国在内。例如根据法国1981年《民事诉讼法典》的规定，法国法院对在其境内作出的裁决行使管辖权。根据该法典第1504条（1）款规定，国际仲裁程序中在法国作出的仲裁裁决可按第1502条规定的理由提起撤销之诉。① 这就是说，对在法国进行的国际仲裁，法国法院行使管辖权，尽管法国上诉法院在1980年2月21日作出裁定，驳回了利比亚请求法院撤销国际商会国际仲裁院仲裁庭依据该院仲裁规则在法国作出的仲裁裁决。② 其所依据的理由是：尽管仲裁在法国进行，但是所适用的是国际商会国际仲裁院仲裁规则，而不是法国仲裁法，因此法院对此案无管辖权。但是根据1981年民事诉讼法，法国法院对该案的管辖权是不言而喻的。

当然，在国际商事仲裁立法与实践中，某一裁决是否属于本国裁决，适用什么样的标准决定仲裁裁决的国籍，归根结底取决于相关国家的国内法规定。但是一个不容忽视的现实是：地域标准作为决定国际商事仲裁裁决国籍的标准，已经得到包括我国在内的所有《纽约公约》缔约国的认可。

（二）非本国裁决的承认与执行

《纽约公约》不仅适用于承认与执行在执行地国家以外的地域内作出的裁决，对于在执行地国境内作出的裁决，如果执行地国法院认为该裁决不具有法院地（也是仲裁地）国的国籍，则将其视为非内国裁决。该执行地/仲裁地法院在承认与执行该非内国裁决时，同样应当适用《纽约公约》。这就是《纽约公约》第1条（1）款第二个句子所规定的"对于承认与执行地国认为不属于其本国裁决的，本公约同样予以适用。"据此规定，在执行地法院看来，尽管某一裁决在执行地国（同时也是裁决地国）作出，但是执行地法院根据当

---

① 第1502条规定的是对法院作出的准许承认与执行仲裁裁决的裁定可以提出上诉的条件。这些条件包括：（1）当事人之间不存在有效的仲裁协议，或者仲裁员根据无效或者失效的仲裁协议做出的裁决；（2）仲裁庭的组成或者独任仲裁员的指定不当；（3）仲裁员超出了其权限范围；（4）未能遵守正当程序的要求；（5）承认与执行该仲裁裁决与国际公共政策相抵触。

② 即戈特韦肯案。戈特韦肯公司是瑞典一家造船厂，与利比亚海运公司订立了造船合同。合同在履行中发生争议，根据合同中的仲裁条款，国际商会国际仲裁院适用其仲裁规则在巴黎进行了仲裁，裁决戈特韦肯公司胜诉，利比亚公司向法国法院申请撤销该裁决，遭到拒绝，理由是裁决未能适用法国仲裁法，法院拒绝对该案行使管辖权。另一方面，戈特韦肯公司向瑞典法院申请承认与执行该裁决，得到瑞典法院的支持。

地法律并不认为该裁决具有法院地国的国籍，将该裁决视为非内国裁决（award not considered as domestic），在这种情况下，法院地国法院对该裁决不行使撤销的权力，进而使该裁决即成为无国籍裁决（a – national award）。尽管如此，法院在执行该裁决的问题上，仍然应当适用《纽约公约》规定的执行条件，即作为公约裁决加以执行。

二、《纽约公约》项下非内国裁决的含义

（一）《纽约公约》项下非本国裁决的定性

《纽约公约》第一条第一款第二个句子还规定了非内国裁决的适用问题："被申请承认及执行地所在国认为非内（本）国裁决（award not considered as domestic）者，也适用本公约。"① 解读《纽约公约》的上述规定，我们不难看出，公约规定的非本国裁决有其特定的含义：首先，它所针对的是裁决执行地国的法院，而不是除执行地法院以外的国家或者地区的法院。其次，该裁决是在执行地法院所在国境内作出，而不是在其境外作出。按照国际上普遍适用的地域标准，这样的裁决应当认定为本（内）国裁决。再次，尽管裁决在其境内作出，此裁决根据法院地国的国内法并不认为该裁决是当地的裁决。

按照国际商事仲裁的一般理论与实践，以及各国普遍认可的地域标准，《纽约公约》项下的非内国裁决就其实质而言属于本国裁决，因为裁决在裁决执行地国作出。但是根据裁决执行地国家的法律，该裁决不属于当地裁决，所以它不是本国裁决。例如在旭普林公司案中，旭普林公司向我国无锡市中级人民法院申请承认与执行国际商会（International Chamber of Commerce, ICC）国际仲裁院（以下简称 ICC 仲裁院）② 的仲裁庭按照该院仲裁规则（以下简称 ICC 规则）在我国上海作出的裁决，此裁决对于我国法院而言，应当被认定为非本国裁决。因为此裁决并不是外国裁决，因为它不是在我国境外

---

① It (the Convention) shall also apply to arbitral awards not considered as domestic awards in the State where their recognition and enforcement are sought.

② 国际商会国际仲裁院成立于 1923 年，截至 2008 年 3 月，该院受理了 15000 余件仲裁案，涉及 180 多个国家的当事人。资料来源：国际商会第 810 号出版物，2008 年 3 月，英文本。

作出，而是在我国上海做出。①

（二）我国现行立法与司法实践对外国裁决和非本国裁决的界定

1．立法实践

我国现行立法往往将外国仲裁机构裁决与外国裁决混为一谈。即外国仲裁机构裁决即为外国裁决。例如，按照我国 1991 年《民事诉讼法》第 269 条的规定："国外仲裁机构的裁决，需要中华人民共和国人民法院承认和执行的，应当由当事人直接向被执行人住所地或者其财产所在地的中级人民法院申请，人民法院应当依照中华人民共和国缔结或者参加的国际条约，或者按照互惠原则办理。"2007 年修订并于 2008 年 4 月 1 日起实施的《民事诉讼法》第 267 条，原封不动地保留了此项规定。按照上述规定，外国仲裁机构裁决即为外国裁决。我国关于确定本国裁决与外国裁决的上述仲裁立法与司法实践，同样也体现在一些学者的论述中。有的学者表述了如下观点，"在机构仲裁中，笔者以为仲裁地应为仲裁机构所在地……国际商会的仲裁地应为法国才为妥当。"② 有的认为以仲裁机构所在地决定国际商事仲裁裁决的国籍是我国在确定国际商事仲裁裁决国籍方面的"独有"标准。因为根据 1991 年《民事诉讼法》第 269 条的规定，"只要是外国仲裁机构的裁决，无论其作出地点如何，无论其适用的仲裁程序法如何，都纳入'需要我国法院承认与执行'的范畴。也就是说，以仲裁管理机构的归属判断仲裁裁决的国籍"。③ 江苏省高级人民法院王天红法官在其撰写的"论国际商事仲裁裁决国籍的确定"一文中对此作了最有代表性的概括："仲裁裁决国籍如何确定在我国法律中没有明确规定，理论上和实践中一般认为，作出裁决的仲裁机构是区分我国仲裁裁决与外国仲裁裁决的标准，即我国仲裁机构作出的仲裁裁决就是我国仲裁裁决，外国仲裁机构作出的仲裁裁决就是外国仲裁裁决。其依据是我国民事诉

---

① 关于该案案情及其评论，详见赵秀文："非内国裁决的法律性质辨析"，载《法学》，2007 年第 10 期（总第 311 期），第 16－23 页。

② 参见康明："我国商事仲裁服务市场对外开放问题初探"，载《仲裁与法律》，2003 年第 6 期，第 57 页。

③ 参见杨弘磊著：《中国内地司法实践视角下的〈纽约公约〉问题研究》，法律出版社，2006 年，第 66 页。

讼法和仲裁法的有关规定。"①

2. 司法实践

在我国司法实践中，对于 ICC 仲裁院的仲裁庭就旭普林公司案按照该院仲裁规则在我国上海做出的裁决，我国法院并不认为此裁决是我国裁决，因为此裁决是在外国仲裁机构（即 ICC 仲裁院）的管理之下由仲裁庭适用该外国仲裁机构仲裁规则（ICC 规则）在我国上海做出，而不是在我国仲裁机构管理下适用我国仲裁机构的仲裁规则做出，因此该裁决不是我国裁决。正因为如此，我国法院在界定该裁决的性质时称此裁决系"承认与执行国外仲裁裁决案"。其所依据的就是我国现行《民事诉讼法》第 267 条以及 1991 年《民事诉讼法》第 269 条的规定。而据此规定，我国法律区分外国裁决与我国裁决的标准是仲裁机构，凡是在外国仲裁机构管理下适用该外国仲裁机构仲裁规则做出的裁决，就是外国裁决。反之也是一样，我国仲裁机构管理下适用我国仲裁机构仲裁规则做出的裁决，即为我国裁决。换言之，外国仲裁机构裁决就是外国裁决，我国仲裁机构裁决就是我国裁决。我国某些司法判例也证明了这一点。例如，2003 年四川省中级人民法院审理的美国 TH&T 公司与成都华龙汽车配件有限公司之间的合同中的仲裁条款规定"因市场销售、货款支付产生的商务争议，根据国际商会的调解与仲裁规则在洛杉矶进行仲裁"。双方在合同履行中发生争议，国际商会国际仲裁院的独任仲裁庭在洛杉矶作出了华龙公司败诉的裁决。由于华龙公司未能履行此裁决，美国 TH&T 公司向成都市中级人民法院申请执行。成都中院认为，此裁决应当适用《纽约公约》，根据我国在加入公约时作出的互惠保留声明，我国对在另一缔约国领土内作出的仲裁裁决的承认与执行适用该公约。"另一缔约国领土"应理解为仲裁院所在国，而非仲裁地所在国。在本案中，国际商会仲裁院在巴黎，故缔约国应是法国，而非仲裁地所在国美国。② 在另外一起案件中，最高人民法院在《关于不予执行国际商会仲裁院 1033/AMW/BWD/TE 最终裁决一案的请

---

① 王天红："论国际商事仲裁裁决国籍的确定"，载《人民司法》，2006 年第 9 期，第 36 页。

② 参见杨弘磊著：《中国内地司法实践视角下的〈纽约公约〉问题研究》，法律出版社，2006 年，第 68 - 69 页。

示的复函》① 中，对于中国当事人（山西天利实业有限公司）与香港当事人（伟贸国际香港有限公司）约定适用 ICC 仲裁规则和英国法在香港进行的仲裁裁决，依据 ICC 仲裁院设在法国的事实，将仲裁庭适用 ICC 规则在香港作出的裁决视为法国裁决，而不是按照仲裁地的标准，将其视为香港裁决。该批复指出："本案所涉裁决是国际商会仲裁院根据当事人之间达成的仲裁协议及申请作出的一份机构的仲裁裁决，由于国际商会仲裁院系在法国设立的仲裁机构，而我国和法国均为《承认与执行外国仲裁裁决公约》的成员国，因此审查本案裁决的承认和执行，应适用该公约的规定，而不应当适用《最高人民法院关于内地与香港特别行政区相互承认和执行仲裁裁决的安排》的规定。"可见，我国最高人民法院在本案中，将适用 ICC 仲裁院仲裁规则在香港作出的裁决视为法国裁决，而不是香港裁决。这里所依据的标准，就是仲裁机构所在地所属国的标准。

在旭普林公司案中，我国法院一方面认定此裁决是"承认与执行国外仲裁裁决案"，另一方面，却又将此裁决认定为《纽约公约》项下的"非内国裁决"，适用公约规定的条件，做出了拒绝承认与执行此裁决的裁定，因为此裁决根据被我国法院认定为无效的仲裁协议做出。笔者以为，我国法院事实上将外国裁决、外国仲裁机构裁决与非本国裁决混为一谈。即正因为此裁决系非本国裁决，所以就是外国裁决，而外国裁决同时也就是外国仲裁机构裁决。② 法院对本案裁决的定性，同样基于对非内国裁决基本概念的模糊认识。按照本案适用的 ICC 仲裁规则，当事人可以就仲裁地点作出约定，且裁决在裁决地作出。本案裁决地在中国，按照《纽约公约》第一条第一款的规定，本案裁决显然不是外国裁决，因为裁决在我国上海作出。所以，本案裁决不应当被认定为外国裁决。另一方面，尽管裁决在我国上海作出，但根据我国现行法律，我们还找不到此裁决为我国裁决的法律依据，所以，我们又不能将

---

① 参见肖扬总主编、万鄂湘主编、最高人民法院民事审判第四庭编：《涉外商事海事审判指导》，2004 年第 3 辑（总第 9 辑），人民法院出版社，2005 年 4 月，第 59 页。

② 关于对本案裁决性质的分析，详见赵秀文："从旭普林公司案看我国法院对国际商事仲裁的监督"，载《时代法学》2007 年第 6 期，第 3 - 17 页；或者人大书报资料中心《国际法学》2008 年第 4 期，第 50 - 64 页。

其认定为我国裁决。正因为如此，我们才应当将其认定为《纽约公约》项下的非内（本）国裁决。根据《纽约公约》和国际商事仲裁的一般理论与实践，非本国裁决对于我国法院而言，既不是我国裁决，也不是外国裁决。

因此，我国法院对旭普林公司案裁决的定性，并不符合《纽约公约》第1条第1款第二个句子的原意，也有悖于国际商事仲裁立法与实践。笔者认为，正是由于我国法院对国外裁决和非内国裁决的模糊认识，导致了对此案裁决同时定性为"国外裁决"和"非内国裁决"。

三、结论

通过对《纽约公约》项下非内国裁决含义的分析，我们可以得出如下结论：

1. 《纽约公约》主要适用于对外国仲裁裁决的承认与执行。界定外国仲裁裁决的主要标准是"裁决在申请执行地国法院以外的国家和地区境内做出"。

2. 《纽约公约》项下的非内国裁决有其特定的含义：它仅指申请人向裁决地法院申请执行在法院地国境内作出的仲裁裁决。根据执行地国的法律，此裁决不属于当地裁决。从这个意义上说，非本国裁决对于执行地国法院而言，既不是本国裁决，也不是外国裁决。

3. 国际商事仲裁的基本理论与实践说明，当旭普林公司向我国法院申请执行ICC仲裁院仲裁庭就该案在我国上海作出的裁决时，此裁决对我国法院而言即为《纽约公约》项下的非本国裁决。

4. 作为《纽约公约》的缔约国，我国法院承认公约规定的地域标准作为区分我国裁决与外国裁决的标准。然而，我国现行国内法仍然采用仲裁机构所在地确定裁决属性的标准。由此必然导致司法实践中对一些国际案件裁决性质定位模糊且缺乏科学的理论与实践依据：在旭普林公司案中，我国法院一方面将本案ICC裁决认定为"国外仲裁裁决"，另一方面又将此认定为《纽约公约》项下的"非内国裁决"。

仲裁与诉讼衔接制度研究

赵文岩[*]

构建和维护社会和谐是党中央确定的我国社会发展的重要目标和任务。[②] 而调处纠纷、化解矛盾，维护社会稳定，是司法机关在构建和谐社会中承担的重要职责。然而在现实中，巨大的审判压力已经让人民法院不堪重负。纵观世界各国的经验，也很少有依赖单一诉讼解决纠纷体制的情况存在。同时，随着我国市场经济体制的建立与深化使得市场主体多元化的趋势也日益明显，这势必对争议解决方式提出了多元化的要求。

仲裁作为一种人民法院诉讼之外的解决民商事争议和纠纷的重要而有效的途径，在中国大陆地区实际上是在 1995 年的《仲裁法》颁布实施之后才逐渐走入正轨。在此之前，全国仲裁事业才刚刚起步，除了中国国际经济贸易仲裁委员会、中国海事仲裁委员会外，其他各地还没有建立起仲裁委员会[③]。而如今，全国已经涌现了 185 家仲裁机构，仲裁事业正在大踏步地前进。但是

---

* 法学硕士，北京市第二中级人民法院法官。

② 党的十六届四中全会通过的《中共中央关于加强党的执政能力建设的决定》，明确提出要最广泛最充分地调动一切积极因素，构建社会主义和谐社会，并把"提高构建社会主义和谐社会的能力"作为党执政能力的一个重要方面而加以强调。见《中共中央关于加强党的执政能力建设的决定》，载 http：//news. xinhuanet. com/newscenter/2004 - 09/26/content_ 2024232. htm，2007 年 4 月 12 日浏览。

③ 或者说仅存在行政性质的仲裁机构。

相对于近几年各地法院民商事案件数量高企的状况①，全国仲裁机构受理的案件数量确实微不足道。②

根据世界各国的经验，仲裁作为一种解决社会矛盾的重要手段，已经成为各国不可缺少的纠纷解决机制。其重要性在民商事纠纷的解决中尤为突出。然而在上述数据面前，我们可以清楚地知道，仲裁在我国并没有成为与诉讼功能相当的纠纷解决方式。因此，如何在我国全面快速的发展仲裁，尤其是如何通过法院的支持与监督工作，通过仲裁与诉讼的有效衔接来促进仲裁事业的发展，就成为现阶段人民法院予以探讨的重要问题。

一、北京市法院受理仲裁类案件的情况分析

（一）近年来北京市法院③受理仲裁类案件的基本情况

2006 年北京市法院受理的申请对仲裁进行司法审查的案件数量继续大幅度上升，达到 257 件，较 2005 年的 218 件上升了 18%。对于其他年份的仲裁类案件的统计数据，可见于以下表格：

案件类型　　年份	申请撤销仲裁裁决案件	申请确认仲裁协议效力案件	案件总数量
1996	24	3	27
1997	27	6	33
1998	43	5	48
1999	70	5	75

---

① 2006 年，地方各级人民法院审结一审民事案件 4382407 件，诉讼标的额 6827.8 亿元。见肖扬：《2006 年最高人民法院工作报告》，载 http://www.sciencehuman.com/party/focus/focus2006/focus200603z28.htm，2007 年 4 月 30 日浏览。

② 全国 185 个仲裁委员会 2006 年度共受理案件 60844 件，比 2005 年增加了 12505 件，增长率为 21%；案件标的额共计 725 亿元，比 2005 年增加了 71 亿元，增长率为 10%。全年人民法院撤销仲裁裁决 124 件，占受理案件数量的 0.2%；人民法院不予执行仲裁裁决 71 件，占受理案件数量的 0.12%。见"2007 年全国仲裁工作座谈会召开"，载 2007 年 3 月 18 日《法制日报》。

③ 北京市具有审理申请撤销仲裁裁决类案件资格的法院仅为北京市第二中级人民法院。本文所参考的数据均主要来自北京市第二中级人民法院的统计。

2000	51	11	62
2001	61	14	75
2002	68	18	86
2003	107	25	132
2004	119	35	144
2005	173	45	218
2006	204	53	257

说明：本表格没有对申请承认外国仲裁裁决案件类型进行统计。

此外，根据 2006 年 10 月 16 日北京市高级人民法院下发的《关于仲裁执行案件统一由中级人民法院管辖的通知》，北京市第一和第二中级法院执行庭将受理全市仲裁执行案件。以北京市第二中级人民法院为例，《通知》发出后，该院受理的仲裁案件持续增加，呈现"井喷爆发"态势。2006 年该院共受理民事仲裁执行案件 188 件，而 2005 年该院仅受理仲裁执行案件 81 件，同比增长了 132.1%，呈大幅上升趋势。但 2006 年申请不予执行仲裁裁决类案件仅为 7 件，且无一件作出不予执行的裁定。

（二）对上述情况的分析

从上面表格的数据可以看到，仲裁司法审查类案件在最近几年内数量急剧上升。尤其是在 2003 年以后，案件数量迅速从前一年的两位数上升为三位数，并在此后的几年内以每年近 48% 的速度递增。这其中以撤销仲裁裁决类案件的数量最多，增长最快。此外，确认仲裁协议效力的案件数量尽管没有发生大的变化，但始终在以个位数增加。[①] 而在同时期，北京市法院对仲裁类案件一直采用专业化审判模式，即在专门的审判庭确定专门的合议庭审理该类案件，且合议庭成员一直由四至五人构成，这就说明每一位审判人员在十年间从每年审理 6 件增加到每年审理 51 件。而且这个数字还在增长，截至 2007 年 6 月 1 日，北京市法院已接受仲裁类案件近 215 件，预计全年会有超过

---

①　对于申请不予执行仲裁裁决类案件，因为案件数量少，且根据最高院的司法解释存在着审级从基层院上升到中级院的变化，数据统计上也不具有连续性，故在本文分析中忽略不计。

400 件该类案件需要审理。可以说，在仲裁类案件审理上，法院的压力越来越大。

探究北京市法院仲裁类案件数量激增的缘由，需要从多个角度分析。这里既有诉讼费用降低造成的原因，① 也有当事人权利意识增强的原因，但更主要的是仲裁裁决或仲裁程序自身可能也存在一定的问题。随着仲裁机构受案数量的增加，仲裁裁决在绝对数量上也在增加，相应的仲裁裁决本身或者仲裁程序中出现的问题也逐渐增多。尽管在仲裁裁决的司法审查过程中，法院一直坚守着支持态度，裁定撤销仲裁裁决案件或要求重新仲裁的案件始终保持着较少的数量，但在事实上仲裁类案件数量的上升却造成了对仲裁一裁终局性质的影响，对仲裁制度的长远发展不利。从这个角度上讲，仲裁制度如果不能得到诉讼的支持与有效监督，将势必损害仲裁在社会上的影响力，无益于我国正在努力建设的和谐社会目标。

二、多元化纠纷解决机制视野下的商事仲裁与诉讼的衔接制度

多元化纠纷解决机制是指在一个社会中，多种多样的纠纷解决方式以其特定的功能和运作方式相互协调地共同存在，所结成的一种互补的、满足社会主体的多样需求的程序体系和动态的调整体系。② 在当代法治社会，建立与完善多元化纠纷解决机制，使纠纷得以及时、便捷、公正、妥善解决，对于建立和谐与公正的社会，也具有重大的意义。正因如此，包括仲裁、调解等替代性纠纷解决方式③的壮大与发展也已经渐渐成为了一种世界性的时代潮流。本文所涉的仲裁与诉讼的衔接制度正是在建立多元化纠纷解决机制的背景下提出的。

---

① 2005 年初开始，北京市高院规定仲裁类案件依照特殊程序收费，每件案件以件为标准，每件收费为 50 元。2006 年 4 月 1 日开始实施的《诉讼费用管理办法》将仲裁类案件收费标准提高到每件 400 元。尽管提高了 350 元，但对于承担得起高昂仲裁费用的当事人来说，400 元实在是微不足道的。所以从实施该管理办法以来的几个月来看，仲裁类案件数量仍有增无减。

② 参见范愉："以多元化纠纷解决机制保证社会的可持续发展"，载《法律适用》2005 年第 2 期，第 2 页。

③ 英文为 Alternative Dispute Resolution，缩写为 ADR，又译为诉讼外（非诉讼）纠纷解决方式。

（一）商事仲裁与诉讼的衔接制度

"商事仲裁与民事诉讼是两种有着密切联系的争议解决机制。民事诉讼以国家强制力为后盾，对商事仲裁起着支持与监督作用，确保了仲裁程序价值的实现；商事仲裁也以其方式灵活、程序快捷、费用低廉等特点成为民事诉讼的重要补充。"① 在多元化纠纷解决机制的建立过程中，仲裁与诉讼两种制度成为至关重要的组成部分。尤其在现代社会，两者相互影响、相互作用，互为补充。正是通过包括仲裁与诉讼制度在内的多种纠纷解决方式，一个国家，一个社会才能够较好的满足不同主体对于公平效率在不同层次上的需求。

近年来，我国法院受理的案件无论从性质、类型、特征到数量等方面都出现了前所未有的新特点。尤其是在案件受理总量上的大幅度上升使得审判压力加大，诉讼解决机制在审判实践中逐渐不堪重负。同样的状况在其他国家也曾经不同程度的出现，正是依靠以替代性纠纷解决方式为代表的其他多种纠纷解决方式的有效发挥作用才实现消灭诉讼爆炸的目的。最高人民法院院长肖扬同志在 2007 年年初举行的全国民事审判会议上首次提出了"司法和谐"理念，并要求全国各级人民法院努力创建和谐的诉讼秩序，着力维护和谐的司法环境，他同时指出要妥善处理民事诉讼与仲裁、人民调解、行政调解等之间的衔接关系，形成和谐的多元化纠纷解决机制。② 可见，我国法院系统已经充分认识到完善多元化纠纷解决机制的重要作用，并要求在此背景下切实的做好仲裁与诉讼的衔接工作。

所谓的仲裁与诉讼的衔接制度，在已有的学术探讨中并没有完整的概念设定。笔者认为，仲裁与诉讼的衔接制度和仲裁与诉讼的关系、仲裁与法院或司法的关系等概念，既有联系，又有区别。仲裁与诉讼的衔接制度是在多

---

① 刘秀凤、刘芝祥著：《商事仲裁与诉讼》，人民法院出版社 1999 年版，第 26 页。

② 参见《最高法首次提出"司法和谐"理念，倡导和谐诉讼》，载于 http://news.163.com/ 07/0107/11/347SD32N000122EH.html，于 2007 年 5 月 12 日浏览。在 2006 年 10 月 11 日中国共产党第十六届中央委员会第六次全体会议通过的《中共中央关于构建社会主义和谐社会若干重大问题的决定》中，也提到了要"发挥律师、公证、和解、调解、仲裁的积极作用"，可见中央对仲裁在纠纷解决机制中的作用也有清醒的认识。见 http://news.xinhuanet.com/politics/2006 - 10/18/ content_ 5218639.htm，于 2007 年 5 月 12 日浏览。

元化纠纷解决机制下，仲裁与诉讼两种纠纷解决方式主要在程序上相互影响、相互支持，相互促进的各种规范与现实状况的一种综合性范畴。在这一制度体系下，既有诉讼对仲裁的支持与监督，也应该包括仲裁对诉讼的补充作用与影响，更包括仲裁与诉讼两者在各自领域内的作用发挥。对这一制度进行考察的目的在于通过对现实中存在问题的分析进而得出两者衔接的最佳方式与完善手段，为仲裁与诉讼两者的全面发展、协调发展以及多元化纠纷机制的建立提供必要的理论依据。

一般认为，仲裁与司法的衔接贯穿于仲裁过程中的始终。首先，在仲裁开始时，如果双方当事人具有有效的仲裁协议，且发生的纠纷也在仲裁协议范围内，双方就可以将争议提交仲裁解决。如果一方当事人在有仲裁协议的情况下仍然向法院提起诉讼，则另一方当事人可以向法院申请终止诉讼程序，请求将案件提交仲裁解决；如果双方当事人对仲裁协议的效力存在争议，则可向法院提出确认仲裁协议效力的申请。其次，在仲裁程序进行中，法院可以根据当事人的协议或者仲裁规则的规定，指定、任命或者撤换仲裁员；应当事人的请求，对有关财产、证据等采取保全措施等。再次，在裁决作出后，当事人拒不主动履行裁决的，对方当事人可以向法院请求强制执行裁决。最后，如果做出仲裁裁决的程序违法或者与当事人选择的仲裁规则不符，当事人可以申请法院裁定撤销裁决或者裁定不予执行仲裁裁决。① 总之，法院对仲裁的支持和监督是难于截然分开的，它们实际上是一个问题的两个面相，即诉讼与仲裁的衔接关系的两个表现。法院监督的目的是为了支持仲裁，然而法院在支持仲裁的同时，也需要对仲裁进行必要的监督和审查。同样的，仲裁对诉讼也存在一定的补充作用与影响，使得诉讼制度更加人性化，更符合和谐司法理念的要求。

（二）仲裁与诉讼衔接的必要性

1. 仲裁本身的性质决定

关于仲裁的性质，素有争议。一般认为，有司法权论、契约论、自治论

---

① 杨荣新主编：《仲裁法理论与适用》，中国经济出版社1998年版，第101－102页。

和混合论四种。^① 笔者基本认同混合论的观点：仲裁在现阶段具有两重性，即契约性和司法性。但契约性应该占主导地位，是仲裁的本质特征。仲裁的契约性主要表现在，仲裁的发生是当事人协议的结果，仲裁员主要由当事人选定，当事人在仲裁程序事项、仲裁准据法的确定等方面拥有广泛自主权。仲裁的司法性质主要表现为仲裁协议的效力取决于国家法律，而仲裁裁决的强制执行完全由法院来实现。^② 从契约性看，仲裁庭的权利源自于当事人间的仲裁协议，而不是源自于司法主权，仲裁庭没有强制性权力。因此，在整个仲裁过程中，仲裁庭缺乏必要的强制性权力和物资手段以保障仲裁程序的顺利进行，也缺乏相应的权力确保仲裁裁决的执行。所以这就需要法院依照诉讼法的相关规定协助办理。此外，虽然仲裁的协议性在宏观上保证了整个仲裁机制基本上符合正当性，但在微观、个案上，可能由于仲裁员或者仲裁庭的某种短期行为——为了某种利益不惜违法裁决，这就需要司法进行适当的监督，以维护仲裁个案的正当性。

2. 法院审判权的特点决定

法院代表国家行使审判权，负有维护社会公正以及保障国家法律统一的任务。在仲裁活动过程中，仲裁庭依照仲裁协议，通过一定的程序根据法律的规定或者按照公允善良原则，做出仲裁裁决，确定当事人之间的权利义务。仲裁的程序与仲裁的结果，既关乎当事人的切身利益，又关乎社会公正的维

---

① 参见韩健著：《现代国际商事仲裁的理论与实践》，法律出版社1993年版，第27-33页。也可见赵健："论仲裁的性质"，载黄进主编：《国际法与国际商事仲裁》，武汉大学出版社1994年版，第127-139页。契约论与司法权论可以从字面意义上进行理解，而自治论是晚近才发展起来的一种学说，该理论认为仲裁在性质上既不应与司法权相联系，也不应与契约权相联系，只能超越这两种观念之外，与商人社会的发展结合起来探讨：仲裁的产生和发展是商人首先在抛开法律规定的情况下依意思自治而发展起来的，其后才得到法律的认可。仲裁协议和仲裁裁决之所以能得到强制性，是由于"各国商人顺利处理国际商事关系的基本需要"。混合论就是主张仲裁兼具司法和契约双重性质。我们认为司法权论片面夸大了仲裁与国家强制力的联系，契约论又将当事人协议的效力和作用推到了极致，也不妥当。自治论提出的仲裁具有超国家性，当事人具有控制仲裁的无限制意思自治权之主张与现实脱离过巨。

② 参见韩健著：《现代国际商事仲裁的理论与实践》，法律出版社1993年版，第27-33页。也可见赵健："论仲裁的性质"，载黄进主编：《国际法与国际商事仲裁》，武汉大学出版社1994年版，第127-139页。

系；仲裁庭是否适用法律以及如何理解和适用法律，还关系到一国法律的适用是否统一、是否完整，因此，法院对仲裁不可能放任自流，不可能不实施必要的审查与监督。① 在仲裁实践中，也几乎没有一个国家完全放弃对仲裁权的监督和审查，在世界各国的仲裁立法中，司法权对仲裁权的支持与监督都是不可缺少的条款。

3. 社会现实的需要

从我国的社会现实出发，我们也要清醒地认识到，《仲裁法》是在计划经济向市场经济转型的特定时代背景下出台的，不可避免地存在着诸多缺陷，现行《仲裁法》修改的滞后在一定程度上也制约了我国仲裁事业的发展。因为这部《仲裁法》仅仅是将国外的仲裁制度以理想化的法律文本的形式植入中国的社会，并没有完全解决仲裁制度与中国社会的融合问题。从整体上讲，《仲裁法》实施的十年，我国仲裁业依然处于发展的初级阶段。② 尽管十几年之间，从北京到各大省会城市、沿海城市相继迅速成立了上百家仲裁委员会。然而仲裁员来自诸多行业，法律素质、专业素质高低不一，加之仲裁机构的管理经验不足，行业监督机制尚不发达，仲裁机构面临市场的竞争，想方设法扩大案件来源，当事人选择的仲裁员在执法中面临各种诱惑，仲裁中确实也存在诸多问题。总之，这些客观存在的现实从根本上也要求司法加强对仲裁的支持与监督。

三、仲裁与诉讼衔接中存在的矛盾与问题

仲裁与诉讼的衔接中存在的矛盾与问题并不少见，尤其是在我国仲裁制度尚未完善的情况下，随着仲裁司法审查类案件的增多，两者衔接中显示出的问题也逐渐增多，对这些问题进行分析将会对完善仲裁与诉讼的衔接制度有很大的借鉴与参考价值。

---

① 参见黄礼军："论仲裁的司法监督"，查于中国优秀博硕士论文库，2004 年中国政法大学硕士论文，第 5 页。

② 参见刘武俊："中国仲裁制度的实证研究"，载《中国司法》2007 年第 3 期，第 29 页。

（一）仲裁司法审查的裁决无法上诉，当事人权利无法得到保障，容易产生新的矛盾与纠纷。

没有救济就没有权利。同样，对于仲裁司法审查的裁决，我国《仲裁法》与《民事诉讼法》均没有规定上诉制度，这使得当事人可能的权利受到了损失。现实中，就有申请撤销仲裁裁决的案件作出裁决之后，相关当事人无法上诉，也无法向法院申请再审等程序，所以只好向其他国家权力机关、行政机关和司法机关申诉，造成了极为恶劣的社会影响，对于当事人来讲也极不公平。

（二）仲裁裁决本身不会考虑太多社会稳定因素，对于裁决的程序审查原则使得通过仲裁获得的结果与判决不同，造成当事人对仲裁制度的不满。

仲裁作出裁决的依据应是国家法律，同时秉承善良公平之原则。但在仲裁实践中，仲裁本身的民间性、契约性以及仲裁员把握法律与善良公平原则的能力还有待提高，其裁决可能会与法院所作出的类似判决或类似纠纷的其它仲裁裁决有较大出入。基于法律统一与社会稳定的因素，人民法院的判决结果基本上能保持一致，但却无法通过有效的审查制度来确保仲裁裁决也实现法律适用上的统一。在实践中，北京市一些涉及建筑工程、商品房买卖的合同均采用格式条款，纠纷的解决方式也均选择仲裁，建筑工程合同涉及金额巨大，动辄千万甚至上亿，而大量商品房买卖纠纷涉及消费者切身利益，人数众多。在仲裁过程中，如果仲裁员单纯从法律法规出发，不考虑社会稳定因素，即使裁定结果完全符合立法者的原意，仍可能导致当事人的不服，进而到法院申请撤销，这时就非常容易给法院的审理工作带来难度。事实上，已经有类似案件的仲裁当事人对仲裁结果乃至仲裁机构、仲裁制度表示不满。

（三）对于国内仲裁与涉外仲裁在仲裁司法审查制度上的不同标准在理论界已经受到广泛批判，在事实上形成当事人之间的不平等。

根据我国《民事诉讼法》与《仲裁法》的相关规定①，我国司法机关对于国内仲裁与涉外仲裁的司法审查制度实际上是采用了两种不同的模式，对

---

① 涉外仲裁裁决的审查适用《仲裁法》第70、71条及《民事诉讼法》第260条第1款。国内仲裁裁决的审查适用《仲裁法》第58、63条及《民事诉讼法》第217条第2款。

于国内仲裁，采用实体审查与程序审查并重的模式，对于涉外审查，则仅审查程序问题，同时依据相关规定当法院要裁定撤销或不予执行涉外仲裁裁决时，还须履行一种内部审批制度。这种司法审查上的不同标准与国际趋势并不符合，尽管很多学者也认为对于国内仲裁采用实体与程序的双重审查与我国现阶段仲裁制度不完善，仲裁裁决质量不高有着直接联系，具有一定合理性。但在事实上，随着 2006 年最高院司法解释的出台，在仲裁法修改提到全国人大日程、仲裁制度逐步完善的前提下，再强调实体审查已经不合时宜，对于当事人来讲也是一种不公平的对待。

（四）对仲裁裁决设立申请撤销与申请不予执行两种审查方式的双轨制监督模式，客观上已经造成了仲裁裁决的双重审查，拖延了仲裁裁决的实际生效时间。

撤销和不予执行仲裁裁决是仲裁监督的主要形式，其结果都会导致仲裁裁决的被否定。《仲裁法》和《民事诉讼法》虽然对撤销和不予执行仲裁裁决程序作了比较全面的规定，但仍然存在着当事人向法院申请撤销仲裁裁决被驳回后，还可以在执行程序中以相同理由提出不予执行的抗辩的状况，最终导致仲裁程序的不安定，[①] 也间接损害了仲裁的权威。尽管这一问题随着《最高人民法院关于适用〈中华人民共和国仲裁法〉若干问题的解释》的出台已经有所改善，[②] 但其所带来的固有弊端仍是显而易见的。

仲裁与诉讼衔接中的问题与矛盾对于仲裁与诉讼两种制度的运行乃至纠纷解决的实效性都产生了深刻的影响。首先，仲裁制度因为司法审查的严格

---

① 参见乔欣：“支持仲裁、发展仲裁——对最高人民法院关于适用《中华人民共和国仲裁法》若干问题的解释之解读与评析”，载《北京仲裁》第 60 辑，中国法制出版社 2006 年版，第 57 页。

② 《最高人民法院关于适用〈中华人民共和国仲裁法〉若干问题的解释》第 26 条规定：“当事人向人民法院申请撤销仲裁裁决被驳回后，又在执行程序中以相同理由提出不予执行抗辩的，人民法院不予支持。”此外，在上述司法解释出台前，仲裁裁决的撤销案件由仲裁委员会所在地的中级人民法院管辖，而不予执行仲裁裁决的案件，则基层人民法院也有管辖权，造成基层人民法院的裁定可以否定中级人民法院裁定的怪现象。对此《最高人民法院关于适用〈中华人民共和国仲裁法〉若干问题的解释》》第 29 条也作出相应规定：“当事人申请执行仲裁裁决案件，由被执行人住所地或者被执行的财产所在地的中级人民法院管辖。”

导致了仲裁权威的受损，仲裁制度应有的作用并没有发挥出来。尽管说，仲裁的民间化是仲裁提高公信力的制度基础，[①] 仲裁的好坏取决于仲裁员。[②] 但这些观点都是建立在仲裁裁决终局性的前提下的。然而我国对仲裁裁决采用的司法审查制度过于严苛，已经在事实上导致仲裁裁决终局性的不确定，仲裁制度原有的快捷、经济的优势荡然无存，远远没有发挥其应有的解决商事纠纷的重要作用。其次，对于诉讼制度而言，在仲裁裁决的司法审查中适用国际上通行的适度审查、程序审查原则是为了更好的减轻法院的压力，鼓励仲裁制度的发展，鼓励商事主体通过仲裁方式解决频繁出现的商事纠纷，进而缓解日益增长的诉讼压力。相反，因为我国仲裁制度的尚不完善，仲裁裁决的实体内容与程序均有弊病，加之法院审查中尚未抛弃的实体审查原则，诉讼制度的压力非但没有减少，反而剧增。前文提到的北京市法院受理申请撤销仲裁裁决类案件的统计数据就说明了这一问题。最后，仲裁与诉讼的衔接不畅对于多元化纠纷解决机制的建立影响极为不利，直接影响了纠纷解决的实效。诉讼制度和仲裁制度的目的均为解决纠纷，但更为深层次的理解不应限定于一判了之、一裁了之，而是都要做到"案结事了"。然而因为现实中仲裁与诉讼的衔接不畅，已经出现了不少仲裁裁决的当事人不服仲裁裁决本身以及法院的驳回裁决而导致了新的矛盾与纠纷的出现。这与多元化纠纷解决机制的设立目的背道而驰，其结果是不利于和谐社会的建立。这些问题就要求我们进一步的思考如何来完善仲裁与诉讼的衔接制度。

四、仲裁与诉讼衔接制度的构建

（一）已有的法律资源对于仲裁与诉讼衔接制度的意义

我国《仲裁法》与《民事诉讼法》全面规定了仲裁与诉讼的衔接制度，

---

① "仲裁机构的民间化是仲裁机构独立、公正的保障，是仲裁克服长官意志、行政干预、地方保护主义弊端，提高公信力的制度基础。因此，坚持仲裁机构民间化，不仅是贯彻落实仲裁法的需要，也是仲裁机构提高自身信誉，保持长久生命力的客观要求。"见王红松："坚持独立性公正性原则建设民间性的仲裁机构"，载《法制日报》2006年4月4日。

② 宋连斌："理念走向规则：仲裁法修订应注意的几个问题"，载《北京仲裁》第52辑，法律出版社2004年版。

包括支持与监督两个方面。而自《仲裁法》实施 10 年来，最高人民法院出台的有关司法解释、规定、函件、批复也达 40 余件，对规范司法实践起了重要作用。2006 年最高院出台的《关于适用〈中华人民共和国仲裁法〉若干问题的解释》更是解决了诸多在仲裁与诉讼的衔接中曾经无法解决的问题，如对于仲裁协议的书面形式、仲裁事项、仲裁机构的确定、"或裁或审"、重新仲裁、仲裁裁决的执行、仲裁协议的独立性等问题都有了比较详细的规定。相信随着这些具有指导意义文件的制定，司法行为将更加规范，仲裁所处的司法环境将得到进一步改善。

（二）诉讼应进一步加强对仲裁的支持，依法适度监督

尽管有仲裁法、民事诉讼法、最高院的司法解释以及《纽约公约》等国际公约的规范，我们仍然要承认我国仲裁制度尚不完善，仲裁与诉讼的衔接问题仍然很多，最主要的还是表现为诉讼对仲裁的介入过多，支持较少。所以要进一步完善诉讼与仲裁的衔接制度，实现诉讼与仲裁的共同发展，就应该在司法实践中切实做到放松管制，加强支持。笔者认为，为了实现上述目的，应该采取以下几种措施：

1. 加强与仲裁组织的沟通交流，提高仲裁工作质量。如定期协调会、座谈会、研讨会制度，向仲裁委员会提出改进建议、发出书面函，仲裁人员与仲裁司法审查的审判人员共同培训等。这一点是现阶段诉讼与仲裁衔接制度中最应该实现的目标。只有通过有效的沟通交流，才能使得仲裁工作人员、仲裁员、法院的仲裁司法审判人员取得共识，在相关问题上达成一致，而不会因为认识上的错误或偏差造成彼此的误解，从而影响仲裁的工作质量。仲裁与诉讼两种制度要相互借鉴，相互支持，在加强沟通的同时，实现两种制度的双赢。

2. 对仲裁裁决进行司法审查时，遵循适度监督、审查程序的原则，引导当事人选择仲裁。这一要求是在现行《仲裁法》中并未明确规定的原则，但在司法实践中，法院应该依据《纽约公约》的相关规定，做到程序审查，切实履行国际义务。

3. 严格遵守逐级上报制度（内部报告制度）。此种制度是在涉外仲裁裁决的司法审查中适用的一种内部管理制度。在我国确立的仲裁裁决司法监督的

"一审终局"制度下，这种内部报告制度属于权宜之计。但现阶段在涉外仲裁裁决的司法审查中还要加强这种制度，以此保证司法审查结果的正当性与合理性。

4. 充分重视当事人的意思自治，尊重仲裁程序的理念和规则，不以诉讼程序的理念和规则衡量仲裁程序的正当性。这一点尤为重要。因为我国仲裁法制定时，仲裁制度在我国还很不成熟，很多制度均是参照 1991 年《民事诉讼法》的相关规定制定的。这种仲裁向诉讼看齐的方法，属于仲裁法律化、制度化的捷径，但同时也很容易形成了诉讼中心主义。所以，这就要求司法实践中，要确实重视当事人的意思自治，尊重仲裁程序的理念和规则，切不可简单以诉讼程序的理念和规则来审查仲裁裁决形成程序是否正当。

5. 加大调解力度，促使当事人自愿接受仲裁裁决结果。此为多元化纠纷解决机制的完善过程中要予以重视的重要一环，就是用调解、仲裁和诉讼等方式的结合共同完成对纠纷的解决。当然，申请撤销仲裁裁决案件的审理程序属于民事特别程序，其调解的结果仅能为当事人撤回申请。只有在当事人认识到仲裁裁决的正确性，自愿接受仲裁裁决结果的情况下，才可能撤回申请。这就要求仲裁司法审查的审判人员要有细心和耐心，尽可能化解当事人之间的矛盾，降低当事人对仲裁的不信任感，维护和促进仲裁事业的发展。

（三）在立法层面上进一步完善仲裁与诉讼衔接制度的手段

除了诉讼与仲裁两种制度在各自实践中自行改善工作方式，仲裁与诉讼衔接制度最终还需要在立法层面上予以完善。笔者以为，应该从以下几个方面予以在立法上确定：

1. 司法审查双轨制的统一

前文已述，司法审查对于国内仲裁和涉外仲裁的双重标准，对于不予执行仲裁裁决和申请撤销仲裁裁决案件的双重审查极不合理，应该取消不予执行仲裁裁决制度合并至撤销仲裁裁决制度中，将申请撤销裁决作为对仲裁的唯一追诉方式，避免法律条款的交叉、重复、冲突。同时将撤销仲裁裁决的法定事由限定在违反仲裁程序和"违背社会公共利益"的范围之内，体现司法监督的有限性和形式性。① 以促进仲裁制度与《纽约公约》规定的精神和世界仲裁制度相协调，利于其向完美方向发展。

2. 临时仲裁制度的确立

"中国是世界上唯一排斥'随意'（ad hoc）仲裁、只准机构仲裁的国家。"② 随意仲裁又称临时仲裁，是现今各国及相关国际公约普遍承认并广泛适用的仲裁制度，但我国《仲裁法》却没有确立这种仲裁制度。这已经在事实上造成承认、执行仲裁裁决的不公平与不对等现象。对于当事人的权利保护以及仲裁业的发展都不利。因此，笔者建议，我国应该设立临时仲裁制度。③

3. 设立对仲裁司法审查裁定的上诉制度

最高人民法院在 1997 年 4 月 23 日发布了《关于人民法院裁定撤销裁决或驳回当事人申请后能否上诉问题》的批复，明确规定：对法院作出的撤销裁决的决定以及驳回当事人的申请都不得上诉。1996 年 6 月最高人民法院的批复中指出："依据《民事诉讼法》第 217 条的规定，人民法院对仲裁依法裁定不予执行，当事人不服而申请再审的，没有法律依据，人民法院不予受理"。实际上，我国的这种规定也与其他国家的做法相左。《德国民事诉讼法典》规定："宣告裁决可执行的决议，应由裁决决定，该判决不得上诉。——对驳回强制执行令申请的决定，可立即提出上诉。"④ 我国的法律规定表明，法院撤销仲裁裁决的裁定是绝对意义上的"一裁终局"，它实际上剥夺了当事人的上诉权，意味着法院对仲裁的具体案件的监督权永远是正确的。同时，也表明

---

① 参见孟国、马肃之："仲裁与法院裁判关系重构"，载杨润时主编：《商事仲裁理论与实务》，人民法院出版社 2006 年版，第 100 页。

② 杨良宜、莫世杰、杨大明著：《仲裁法》，法律出版社 2006 年版，第 369 页。

③ 曾任最高人民法院院长的肖扬同志曾经指出，中国法院在司法实践中，首先应当遵守现行法律的规定，同时注意对临时仲裁问题进行研究和探讨。从充分体现当事人的仲裁意愿、鼓励支持仲裁事业的发展，创造良好的投资环境角度考虑，如果临时仲裁协议的仲裁地国法律允许临时仲裁，中国法院在个案中也原则上承认涉外案件临时仲裁协议的有效性。从这个角度上讲，临时仲裁制度完全有在中国设立的基础，只是缺少法律的支持。参见高菲："中国法院对仲裁的支持与监督：访最高人民法院院长肖扬"，载《中国对外贸易》2001 年第 6 期，第 6 页。

④ 见该法第 1042 条。

《仲裁法》对不当的撤销程序毫无司法救济办法。如果对司法监督程序不加限制，或者地方法院轻率从事，对于仲裁裁决的当事人是极为不利的。所以笔者建议增加法院司法审查裁决的上诉程序。

五、结论：仲裁与诉讼的衔接对创建和谐社会的意义

"从根本上讲，法院在解决纠纷中所做的贡献，不完全等于作出判决来解决纠纷。法院不仅可以传递裁决纠纷的规则信息，通过适用法律规则彰显程序的公正，而且要以纠纷妥善解决为立足点，传递纠纷可以通过诉讼外解决机制公正解决的信息，并提供便利、创造条件，强化社会公众采取非诉讼程序解决纠纷的意识和观念，促进和保障非诉讼解决机制解决社会纠纷功能的作用。"[①] 以上论述全面地评述了法院，也就是诉讼在建立多元化纠纷解决机制，促进和保障非诉讼解决机制方面的作用。尤其是在仲裁这种非诉讼解决方式的完善过程中，诉讼更应该通过有效的支持与监管制度，使得商事仲裁在解决商事贸易纠纷、维持公平有序的贸易环境以及营造良好的投资环境等方面发挥重要作用。此外，法院的审判人员还要充分认识到仲裁与诉讼制度的核心在于诉讼对仲裁的支持，这是诉讼自身尊重当事人自主选择的一种体现，也是避免诉讼介入各种不必要争端、减少涉法上访的重要途径，它是创建和谐社会的一种方式。当然，仲裁与诉讼的衔接制度还需在仲裁法等法律制度的修改中予以完善，从而真正实现仲裁与诉讼制度的全面发展。

---

① 王振清："多元化纠纷解决机制与纠纷解决资源"，载《法律适用》2005 年第 2 期，第 17 页。

比较研究

仲裁和调解相结合：为何能在中国成功？

Gabrielle Kaufmann – Kohler   樊堃[*]

译者：樊堃

● 内容摘要

　　就仲裁员是否可以参与调解这一问题，在国际仲裁界还尚未达成一致。然而仲裁和调解相结合这一制度却一直以来受到亚洲很多国家的青睐，尤其是在有着深厚的调解文化的中国。为何这一制度能在中国成功的运作呢？本文旨在从历史，文化，经济和政治的角度挖掘仲裁和调解相结合制度在中国成功的原因，并在此基础上分析中国这一实践对国际仲裁界可能带来的影响。

引　言

　　近来，将调解或其他解决争议的替代方法纳入仲裁程序中以提高争端解

＊ 本文英文版已发表在 Journal of International Arbitration 2008 年 8 月第 25 卷，第 4 期。Gabrielle Kaufmann – Kohler，日内瓦大学教授，Lévy Kaufmann – Kohler 律师事务所合伙人。樊堃，国际商会仲裁院律师，日内瓦大学在读博士。

决的有效性的问题在国际仲裁界被广为讨论。实践中多种结合方式都曾被采用。然而，由于各国不同的法律传统和对于仲裁员职责的不同观点，对于仲裁员是否可以参与调解这一问题，国际仲裁界还尚未达成一致。有人认为仲裁员和调解员的职能有本质的不同，因此仲裁程序和调解程序应当截然分开；也有人认为仲裁和调解两种制度的有机结合可以使得整个机制比单独使用其中一项技术更有效率。① 尽管存在以上的分歧，仲裁和调解相结合这一制度却一直以来受到亚洲很多国家的青睐，尤其是在有着深厚的调解文化的中国。中国仲裁和调解相结合的实践如何？为何这一制度能在中国成功的运作？中国的经验对于世界其他国家又有哪些启示呢？

为了回答以上的问题，本文从历史、文化、经济和政治的角度审视中国深厚的调解文化存在的根源，并在此基础上分析这一历史渊源对中国当代仲裁和调解相结合实践的影响。首先，文章介绍中国调解制度的渊源，并分析其在中国争端解决机制继续发挥重要作用的原因。随后，文章讨论中国仲裁和调解相结合这一制度的产生背景，实践及优势。最后，文章展望中国这一实践对国际仲裁界可能带来的影响。

I. 中国的调解制度

1. 中国古代的调解制度

调解制度在中国源远流长，早在西周时期，在地方官史中就有"调人"之职，其职能为"司万民之难而谐和之"。② 中国传统文化的最高境界就是和谐，强调人与人之间以和为贵，以忍为上。由于调解的理念与中国传统文化中儒家"和为贵"、"息讼"等思想宗旨相一致，建立在此社会观念基础上的中国古代社会，调解制度被广泛的应用。中国古代调解制度的存在基础可以概括为以下几个方面：

---

① Michael Schneider, Combining Arbitration with Conciliation, in INTERNATIONAL DISPUTE RESOLUTION: TOWARDS AN INTERNATIONAL ARBITRATION CULTURE, 57 - 100 (1996); Gabrielle Kaufmann - Kohler, When arbitrators facilitate settlement: Towards a harmonization standard? ARBITRATION INTERNATIONAL 2008 (forthcoming).

② 参见宋才发，刘玉民：《调解要点与技巧总论》，人民法院出版社，2007 年。

A. 思想基础：孔子儒家哲学

儒家思想推崇"仁"、"义"、"礼"、"智"、"信"。[①] 孔子"和为贵"、"息讼"的思想是数千年封建社会中调解制度的思想基础。孔子认为争议的最佳解决方法是诉诸道德而非求助于法律。

子曰："道之以政，齐之以刑，民免而无耻；道之以德，齐之以礼，有耻且格。"意思是说："用政令来引导，用刑法来整治，人们则只求免于刑罚但无廉耻之心；用道德来引导，用礼教来整治，人们就有羞耻之心，且能改过。"[②]

儒家思想在中国封建社会被历朝历代的统治者利用和推崇，成为中国社会的主导思想。从某种程度上说，中国传统社会是"礼治的社会"，而非"法治的社会"。儒家思想的宗旨是通过"仁爱"建立和谐的社会关系。在这一思想传统的影响下，诉讼的出现被认为是对和谐社会的破坏。以中立第三方进行友好调解这种比较温和的纠纷解决方式促使人们息讼求是，达成和解，正与此理相谐。

B. 法律基础：诉讼结果的不确定性

中国的古代社会"民刑不分"。许多当今社会的民事纠纷在中国古代被当作刑事案件来处理。正式的法律程序常常涉及刑罚，以达到统治阶级的统治目的。此外，在儒学作为主流思想的封建社会，礼法结合，"德主刑辅、礼刑并用"的基本制度使得许多民事和刑事案件是通过"礼"而非"法"来解决的，因而给执法者带来很大的执法空间。由此导致的司法判决的不确定性以及执法官员的腐败都使得人们更倾向于用非诉的方法来解决民事纠纷[③]，甚至在大量刑事案件中也同样存在"私了"的情形。

C. 社会基础：宗族宗法的存在

中国传统社会的基本单位不是个人，而是个人所处于的社会单元：即家

---

① 关于孔子儒家思想，参见常桦，《孔子国学院》，中华经典智慧丛书，中国纺织出版社，2006 年。

② 《论语·为政》。

③ Wang Guiguo, The Unification of the Dispute Resolution System in China Cultural Economic and Legal Contributions, JOURNAL OF INTERNATIONAL ARBITRATION, 5 – 44, 9 (1996).

庭，宗族，村庄和行会。① 人与人的关系是一种以氏族血缘相联系的伦理道德上的情感关系。人们常常用尽办法避免政府官员牵扯到其内部成员的纠纷中来。因此，人们被鼓励，甚至是被要求在求助法律救济之前用尽族内的救济方式。② 地方执法官员，由于其大部分时间用在处理杀人、盗窃等重大案件中，也常常会主动将那些族内的纠纷送回宗族、村庄和行会内首先进行调解，以减轻其诉讼负担。

中国古代社会对当事人诉权的限制使得调解成为必经的，有时甚至是唯一的解决纠纷的方式。

D. 经济基础：自给自足的小农经济

中国长达两千多年的封建社会一直处于自给自足的小农经济时代，没有形成经济的规模化和集团化，也没有产生对外贸易的需求。相应的，小农经济下所产生的民事纠纷主要是产生在熟人之间的小规模的纠纷，主要涉及婚姻、土地和个人财产的争议。这种经济特点有利于调解的应用。邻里之间也倾向于采用和睦的方式来解决其间的纠纷，以求息事宁人，和睦相处。

介于以上原因，调解在某种程度上成为中国古代法律体系中不可缺少的一部分，而不仅仅是争端解决的一种替代方式。虽然当今中国的法律体系和经济系统发生了翻天覆地的变化，传统的调解文化仍然渗透在当代中国社会的方方面面。

2. 中国当代的调解制度

A. 共产主义思想的影响

除了传统的法律文化，当代中国调解文化的盛行也受到中国共产主义思想的影响。和儒家思想相仿，共产主义思想则强调自我教育、自我批评和主

---

① Stanley Lubman, Mao and Mediation: Politics and Dispute Resolution in Communist China, 55 CALIFORNIA LAW REVIEW 1284 – 1359, 1294（1967）.

② Stanley Lubman, Mao and Mediation: Politics and Dispute Resolution in Communist China, 55 CALIFORNIA LAW REVIEW , 1297（1967）; see also Jerome Alan Cohen, Chinese Mediation on the Eve of Modernization, 54 CALIFORNIA LAW REVIEW 1201 – 1226, 1223（1966）.

动性。① 其影响可以追溯到毛泽东同志在二十世纪三四十年代群众路线思想的指导，即"一切为了群众，一切依靠群众，从群众中来，到群众中去"。在这一思想的指导下，人民内部矛盾（区别于敌我矛盾）应当尽量通过说服教育的方式而非强制的方式解决。② 因此，许多民事纠纷都通过调解的方式得以解决，以将共产主义的这一指导思想渗透到人民群众中去。③

B. 当代的调解制度

受到以上思想的影响，调解制度仍然贯穿到中国当代社会的各个方面用来解决纠纷。调解制度可单独使用，也可以用在对抗式的程序中（如诉讼，仲裁）。中国当代的调解制度大体上可以分为五种：（1）人民调解，即人民调解委员会主持下的调解；（2）行政调解，即基层人民政府或国家行政机关进行的调解；（3）机构调解，即有常设调解中心进行的调解；（4）诉讼中的调解；以及（5）仲裁中的调解。

在探讨仲裁中的调解制度之前，有必要先介绍一下人民调解和诉讼中的调解制度。

● 人民调解

人民调解是在人民调解委员会的主持下进行的民间调解，是一项具有中国民族文化传统和特色的法律制度。现行的人民调解制度萌芽于土地革命战争时期，并在1954年政务院颁布的《人民调解委员会暂行组织通则》（以下简称《通则》）中正式确立下来。在《通则》颁布的早期，人民调解委员会的主要任务是通过调解工作宣传社会主义的法律、法规、规章和政策，并通过纠正争议当事人对于共产主义信条的不当理解而使党的指导思想渗透到人

① Jerome Alan Cohen, Chinese Mediation on the Eve of Modernization, 54 CALIFORNIA LAW REVIEW. , 1226 (1966).

② Jerome Alan Cohen, Chinese Mediation on the Eve of Modernization, 54 CALIFORNIA LAW REVIEW , 1201 (1966).另见毛泽东文集第七卷，《关于正确处理人民内部矛盾的问题》（1957年2月27日）. 网站：http://cpc. people. com. cn/GB/69112/70190/70197/70361/4769631. html。

③ Aaron Halegua, Reforming the People's Mediation System in Urban China, 35 HONG KONG LAW JOURNAL 715－750, 717 (2005).

民群众中去。①

随后，人民调解制度在《中华人民共和国宪法》中得以确定。② 1989 年，《人民调解委员会组织条例》（以下简称《条例》）颁布，取代了 1954 年的《通则》。《条例》确定了人民调解的基本原则，即合理合法原则、自愿平等原则和尊重诉权原则。在当今的社会主义中国，结合居民社区分布的人民调解员以及人民调解制度仍然在解纷息争、维护社会的稳定中发挥着重要的作用

人民法院在支持人民调解中也发挥了积极的作用，尤其是在中国经历"诉讼爆炸"的时期。法院的支持主要体现在：指导人民调解委员会的日常工作，鼓励诉讼当事人首先经过人民调解解决争议，执法下乡协助人民调解员的工作，以及允许人民调解员观摩法院程序等。③ 早在 1998 年以前，中国就有 98.7 万个人民调解委员会和近一千万名人民调解员。仅 2000 年一年期间，人民调解委员会就调解了五万多的民事纠纷，成功率高达 94.8%。④

- **诉讼中的调解**

诉讼中的调解制度是在中华人民共和国成立之前，陕、甘、宁边区实行"精兵简政"的指导政策时期，在革命根据地建立起来的，目的在于减轻法院的负担和诉讼成本。新中国成立以后，此项制度被沿袭下来。1958 年毛泽东同志提出"调查研究，调解为主，就地解决"的号召，这成为当时指导民事审判工作的"十二字方针"。1964 年，遵照毛泽东同志依靠群众办案的指导思想，"十二字方针"发展为"依靠群众，调查研究，调解为主，就地解决"的"十六字方针"。1982 年颁布的《民事诉讼法（试行）》将原来民事审判工作

---

① Stanley Lubman, Mao and Mediation: Politics and Dispute Resolution in Communist China, 55 CALIFORNIA LAW REVIEW, 1339 (1967).

② 《中华人民共和国宪法》第 111 条规定，居民委员会、村民委员会设人民调解、治安保卫、公共卫生等委员会，办理本居住地区的公共事务和公益事业，调解民间纠纷，协助维护社会治安，并且向人民政府反映群众的意见、要求和提出建议。

③ Aaron Halegua, Reforming the People's Mediation System in Urban China, 35 HONG KONG LAW JOURNAL, 744 (2005).

④ "转型时期人民调解制度的改革与完善"，本文网址：http://www.dffy.com/faxuejieti/ss/200406/20040613163922.htm。

以"调解为主"的方针和原则修改为"着重调解"的原则。①

1991 年颁布的《民事诉讼法》对《民事诉讼法（试行）》中的调解原则进行了修正。《民事诉讼法》强调以下原则：（1）人民法院审理民事案件，根据当事人自愿的原则，在事实清楚的基础上，分清是非，进行调解；②（2）调解达成协议，必须双方自愿，不得强迫；③ 以及（3）调解未达成协议或者调解书送达前一方反悔的，人民法院应当及时判决。④ 换而言之，根据《民事诉讼法》的规定，人民法院审理民事案件，应当根据自愿和合法的原则进行调解；调解不成的，应当及时判决。⑤ 2007 年修订的《民事诉讼法》继续遵循以上原则。

在以上实践的影响下，调解也被应用到仲裁程序中来。以下将重点讨论仲裁与调解相结合的制度。

II. 仲裁和调解相结合

1. 历史发展

深受法院的影响，中国国际经济贸易仲裁委员会（以下简称"贸仲"）首创了仲裁和调解相结合的实践。

尽管贸仲最早的《仲裁规则》没有明确地规定调解，但贸仲自成立初期就开始在仲裁程序中采用调解的方式解决纠纷。贸仲 1989 年实施的《仲裁规则》首次明确地规定调解。该规则规定："仲裁委员会和仲裁庭可以对其受理的案件进行调解。经调解达成和解协议的案件，仲裁庭应当根据双方当事人和解协议的内容，作出裁决书。"⑥ 统计数据表明二十世纪五六十年代贸仲受理的大部分案件都通过调解结案。二十世纪八九十年代，贸仲的仲裁和调解

---

① 参见宋才发，刘玉民，《调解要点与技巧总论》，人民法院出版社，2007 年，第 109 页。
② 《民事诉讼法》第 85 条。
③ 《民事诉讼法》第 88 条。
④ 《民事诉讼法》第 91 条。
⑤ 《民事诉讼法》第 9 条。
⑥ 贸仲《仲裁规则》（1989 年版）第 37 条。

相结合仍然保持着很高的和解成功率。①

除了受儒家思想和共产主义意识的影响外，贸仲调解实践的产生还有着其自身的历史原因。国际上通常认为当代商事仲裁是市场经济的产物，而中国的仲裁体制却是在计划经济的环境下产生发展的。二十世纪八十年代以前，中国很少有对于商事纠纷的法律规定。在缺乏法律依据的情况下，仲裁员只得根据公平合理的原则进行裁决，或者通过调解的方式鼓励当事人就其争议达成和解。另外，贸仲早期受理的案件争议金额比较小，争议内容比较简单，当事人的经济关系相对稳定，因此这些争议也相对易于调解。②

2. 当代的法律和实践

在贸仲实践的影响下，1995 年颁布的《仲裁法》明确允许，甚至鼓励在仲裁程序中运用调解。③ 贸仲随后几次对其仲裁规则的修改也都向着更利于调解的方向发展。贸仲现行的 2005 年《仲裁规则》对仲裁和调解相结合制度进行了比较全面的规定。④

为了更好的了解仲裁和调解相结合制度在中国的具体实践情况，笔者于 2007 年三、四月份在中国对一批专家学者进行了采访，被访者主要是贸仲、北京仲裁委员会（以下简称"北仲"）以及武汉仲裁委员会的仲裁员。以上调查反映出，尽管仲裁中的调解更多的强调当事人自治原则，但仲裁员对于调解的运用在很大程度上受到人民调解制度和法院调解制度的影响。

仲裁和调解相结合在中国的具体实践如下：

A. 仲裁程序中的调解建议首先由谁提出：当事人还是仲裁员？

---

① Wang Wenying, The Role of Conciliation in Resolving Disputes: A PRC Perspective, 20 OHIO STATE JOURNAL ON DISPUTE RESOLUTION 421, 436 (2005).

② Wang Wenying, The Role of Conciliation in Resolving Disputes: A PRC Perspective, 20 OHIO STATE JOURNAL ON DISPUTE RESOLUTION , 443 – 446 (2005)., .

③ 《仲裁法》第 51 条规定，"仲裁庭在作出裁决前，可以先行调解。当事人自愿调解的，仲裁庭应当调解。调解不成的，应当及时作出裁决。"《仲裁法》第 52 条规定："调解书应当写明仲裁请求和当事人协议的结果。调解书由仲裁员签名，加盖仲裁委员会印章，送达双方当事人。调解书经双方当事人签收后，即发生法律效力。在调解书签收前当事人反悔的，仲裁庭应当及时作出裁决。"

④ 贸仲《仲裁规则》（2005 年版）第 40 条。

当事人或者仲裁员均可以在仲裁程序开始以后提出调解建议。《仲裁法》明确规定仲裁庭在作出裁决前，可以先行调解。当事人自愿调解的，仲裁庭应当调解。① 贸仲现行的《仲裁规则》（2005年版）采取了比《仲裁法》相对保守的规定。在此规则下，"如果双方当事人有调解愿望，或一方当事人有调解愿望并经仲裁庭征得另一方当事人同意的，仲裁庭可以在仲裁程序进行过程中对其审理的案件进行调解"。② 然而，这项规定并没有排除仲裁员主动提出调解的可能性。

虽然法律并没有规定仲裁员的调解义务，但是在仲裁实践中，中国仲裁员几乎都会主动向当事人询问是否有希望仲裁员进行调解的意愿。如果双方同意，仲裁员就会开始进行调解。受访的仲裁员所经历的调解案件的比例各不相同。一般来说，国内仲裁的调解比例相对较高，由于中方当事人双方都习惯于中国的调解传统，因此会很自然地接受仲裁员的调解建议。相反，对于某些外方当事人来说，他们更习惯于对抗式的纠纷解决方式，并期待着在双方进行充分的辩论后由仲裁员对其纠纷作出终局裁决，因此可能不容易立即接受仲裁员的调解建议。平均而言，大概有50%以上的案件中当事人双方同意仲裁员的调解建议。

B. 仲裁员何时提出调解建议？

调解建议提出的最佳时间要具体案件具体分析。受访的中国仲裁员大多在庭审中双方当事人的事实陈述之后首次提出调解建议。他们认为，随着当事双方书面证据的交换和口头陈述的进行，双方当事人会逐渐认识到自己案件的弱点和对方的优势，因而更容易考虑接受调解。此外，他们还认为，在双方交换书面证据后，双方争议的实质会更加明确。此后进行的调解程序会集中在双方争议的核心问题上，因而更加有效。

需要强调的是，中国的仲裁和调解相结合贯穿在仲裁程序的始终。第一次调解没有成功，在交换部分证据和证人陈述后，仲裁员还可以再次提出调解建议。如果调解不成功，他们可以继续仲裁程序的证据交换和证人陈述，

---

① 《仲裁法》第51条（文中强调由笔者加入）。

② 贸仲《仲裁规则》（2005年版）第40条第2款。

而在随后仲裁程序的任何阶段都有可能再次进行调解。也就是说，调解建议可以在仲裁裁决作出前的任何阶段提出，并且可以多次提出，而没有明确的所谓"仲裁阶段"和"调解阶段"的区分。这和许多其他亚洲国家的实践有所不同。比如韩国和印度尼西亚，仲裁员只在仲裁程序的开始阶段提出调解，若当事人在仲裁程序的进行中同意调解，仲裁员则中止仲裁程序的进行。可见，中国模式是仲裁和调解最完全的结合方式。[1]

C. 在仲裁程序中的调解的具体操作实践如何？

a. 分别会见双方当事人——"私访"

只要双方当事人同意，中国仲裁员（此时担任调解员的身份）对于分别会见双方当事人，即"私访"的作法并无保留。他们认为分别会见当事人是澄清双方各自立场并促成和解的最有效的方式。在这一过程中，调解员会分别询问各方的底线，从而明确双方争议的实质差异。如果双方的底线差异过大而没有和解的可能性，他们则会结束调解程序而恢复其仲裁员身份并作出仲裁裁决；如果双方的底线差异微不足道，调解员则协助当事人缩小其各自差异从而促成和解。在与当事人各方单独会面的时候，进行调解的仲裁员能够帮助对案件成功率有过高估计的当事人意识到其可能存在的弱点，从而增加双方进行让步从而达成和解的可能性。

b. 协助式还是估评式的调解

担任调解员身份的仲裁员很难在调解程序中进行纯粹协助式的调解。有意识或无意识中，仲裁员在促成和解的过程中，多多少少都会涉及到对案件的估评。

c. 对案件实体结果的意见

有趣的是，尽管在调解过程中多多少少都会涉及对案件结果的评估，几乎所有受访的中国仲裁员都表示他们不会在调解程序中向当事人透露其对案件结果的看法。他们有时会向当事人各方暗示各自在案件中的优势和弱点以促成双方缩小彼此差异。然而，这种暗示仅仅局限于对于当事人可能弱点的

---

① M. Scott Donahey, Seeking Harmony: Is the Asian concept of the conciliator/arbitrator applicable in the West? DISPUTE RESOLUTION JOURNAL 74 (1995).

分析，而不包括其对仲裁裁决的意见。他们认为，向当事人透露对争议实体问题的意见会影响仲裁员的中立性。

　　d. 建议和解方案

　　参与调解程序的中国仲裁员对于仲裁员是否可以向当事人建议和解方案这一问题有着比较分歧的观点。有些仲裁员表示，在没有当事人要求的情况下很少向其建议任何正式的和解方案，因为他们认为这应当由当事人提出。另一些则认为，在双方期待差异不大的情况下仲裁员提出和解方案有助于促进和解的达成。就贸仲的经验而言，参与调解的仲裁员不会在案件事实基本清楚、双方明确各自立场之前提出任何具体的和解方案。一般说来，贸仲的仲裁员在调解程序的最后阶段、在双方的争议差异缩小到最小的情况下才提出具体的和解方案。①

　　仲裁员可以在提出和解方案时建议需要赔偿的具体金钱数额以及补偿措施，也可以列出他认为可能最终和解的赔偿数额范围。某种情况下，仲裁员还可以向双方建议某种商业安排，以鼓励当事人作出让步并保持双方的商业合作关系。

　　无论和解方案以何种方式提出，进行调解的仲裁员都会尊重当事人的意愿，而不给当事人造成不接受仲裁员建议的和解方案就会对其案件结果产生不利影响的印象。

　　D. 调解的后续阶段

　　a. 调解达成协议的：调解书或者和解裁决书

　　调解达成协议的，仲裁庭应当制作调解书或者根据协议的结果制作裁决书。② 调解书经双方当事人签收后，即发生法律效力。在调解书签收前当事人反悔的，仲裁庭应当及时作出裁决。③

　　调解书和裁决书都根据双方当事人达成的和解协议作出，由仲裁员签名，

---

　　① Tang Houzhi, Combination of Arbitration with Conciliation——Arb/Med, in NEW HORIZONS IN INTERNATIONAL COMMERCIAL ARBITRATION AND BEYOND, ICCA Congress Series No. 12, 547 – 555, 555 (Albert Jan van den Berg ed. , 2005) .

　　② 《仲裁法》第51条。

　　③ 《仲裁法》第52条。

加盖仲裁委员会印章，送达双方当事人。① 按照《仲裁法》第51条的规定，调解书与裁决书具有同等法律效力。

二者的主要区别在于裁决书在作出之时起即产生法律效力；而调解书只在双方当事人签收时才产生法律效力，也就是说当事人在签收之前仍有反悔的可能，此时应由仲裁庭及时作出裁决。另外，二者在执行上也有所不同：履行义务的一方可以向中国法院或依据1958年《承认及执行外国仲裁裁决公约》（以下简称《纽约公约》）向外国法院请求执行依和解协议作出的裁决书；而调解书则不具有按照"裁决书"进行执行的效力。因此，从利于执行的角度考虑，当事人可能更倾向于选择和解裁决书。②

b. 调解未达成协议的

任何一方当事人，在程序进行的任何阶段，均可以提出退出调解程序。仲裁庭在认为调解不可能达成协议的情况下也可以决定终止调解程序。调解程序结束后，仲裁程序恢复，此时的调解员恢复其仲裁员的身份进行审理，最终对案件作出仲裁裁决。

尽管《仲裁法》对于调解程序中所获得的内幕信息没有特别的规定，大部分中国仲裁机构均明确禁止在随后的仲裁程序中使用调解程序中所获得的内幕信息。比如，贸仲现行的《仲裁规则》（2005年版）作出如下规定：

"如果调解不成功，任何一方当事人均不得在其后的仲裁程序、司法程序和其他任何程序中援引对方当事人或仲裁庭在调解过程中曾发表的意见、提出的观点、作出的陈述、表示认同或否定的建议或主张作为其请求、答辩或反请求的依据。"③

北仲现行的《仲裁规则》（2008年版）也有类似的规定。④ 这与香港的实践有所不同：香港的法律规定调解员在恢复仲裁员身份前应当就他认为对仲

---

① 《仲裁法》第52条。

② See Cao Lijun, Combining Conciliation and Arbitration in China: Overview and Latest Development, 9 INTERNATIONAL ARBITRATION LAW REVIEW 84 – 93, 91 (2006).

③ 贸仲《仲裁规则》（2005年版）第40条第8款。

④ 北仲《仲裁规则》（2008年版）第39条第4款。

裁程序可能造成"实质影响"的（内幕）信息进行披露。①

3. 仲裁和调解相结合的优势和弊端

经过以上对中国仲裁和调解相结合的产生根源、法律规定和操作实践的分析，接下来的问题是：这种结合是否在实践中被认为是有效的？换而言之，仲裁和调解相结合的利弊何在？

A. 仲裁和调解相结合的好处

显然，双方当事人达成和解相对于通过第三者裁定解决纠纷的各种优势都体现在仲裁和调解相结合的程序中，比如节省诉讼成本、提高效率以及维系当事双方友好合作关系等。

除此之外，把调解结合到仲裁程序中还能带来单独的调解程序所不具备的好处：首先，由于参加调解的仲裁员已经了解案件情况，继续由其进行仲裁可以避免新的仲裁员重新了解整个案情的重复劳动以及所带来的时间和费用成本的增加；其次，由于仲裁员可以掌握向当事人提供调解服务的最佳时机，由仲裁员本身进行调解可以达到程序控制的最佳化；再次，在仲裁过程中达成和解可以以裁决书的形式进行确认，从而能够依据《纽约公约》得到各国法院的承认和执行。② 中国的经验还显示把调解和仲裁程序相结合能带来比二者单独进行更高的成功率。③ 最后，即使调解没有成功，双方当事人的和解企图也能够有助于随后仲裁程序的进行，比如缩小需要仲裁的实体争议范围等，从而使争议的结果更有可预见性也更容易被双方接受。④

B. 可能存在的弊端

另一方面，也有反对者对仲裁员兼任调解员身份提出以下担心：首先，调解程序中如果进行"私访"可能会侵害正当程序原则，因为此时一方当事

---

① Section 2B (3) of the Hong Kong Arbitration Ordinance (2000).

② Gabrielle Kaufmann – Kohler, When arbitrators facilitate settlement: Towards a harmonization standard? ARBITRATION INTERNATIONAL 2008 (forthcoming).

③ Wang Shengchang, CIETAC's Perspective on Arbitration and Conciliation Concerning China, in NEW HORIZONS IN INTERNATIONAL COMMERCIAL ARBITRATION AND BEYOND, ICCA Congress Series No. 12, 27 –46, (Albert Jan van den Berg ed., 2005).

④ M. E. Telford, MED – ARB: A VIABLE DISPUTE RESOLUTION ALTERNATIVE, 4 (2005).

人没有机会对另一方当事人披露的事实进行核实或反驳；其次，如果调解失败仲裁程序继续，此时如果由调解员本人担任仲裁员，仲裁员的中立性可能受到在其调解程序获取的内幕信息的影响。再次，当事人预见到若调解程序失败则调解员可能转换身份为仲裁员而对争议作出最终裁决，则可能会在调解程序中有所保留，从而影响到调解程序的有效性。①

C. 中国的态度

在中国，"私访"在实践中可能带来的问题并没有理论所想象的那样严重，因为他们认为当事人在调解程序中实际上很少会向调解员披露那些调解员从案卷中不能获取的对其有损害的内幕信息。另外，"私访"并不是唯一要求仲裁员忽略所获信息的情形，比如仲裁员应当忽略非正当提交的书面文件或口头陈述。② 如果人们信任法官能够在作出判决时忽略当事人提交的不应采纳的证据，那么没有理由怀疑受过良好培训的仲裁员能够在仲裁程序中排除在调解程序中获得的信息。

至于那些担心当事人预见到调解员可能转换身份为仲裁员而对争议作出最终裁决则不会在调解程序完全摊牌的顾虑，唐厚志教授作出如下评论：

"调解不同于仲裁，调解并不需要当事人全部摊牌，只要当事人把80%甚至少于80%的牌摊到桌面上来，调解就可以顺利进行。调解员的任务不是对是非黑白作出裁定，而是促成当事人达成和解。"③

中国的仲裁专家们认为，调解失败后，恰恰由于调解员已经完全了解案情，调解员被认为是作为仲裁员的最佳人选。④ 在仲裁程序中，当事人与仲裁员之间的信任与被信任关系构成了当事人同意由同一人士担任仲裁员和调解

---

① Gabrielle Kaufmann – Kohler, When arbitrators facilitate settlement: Towards a harmonization standard? ARBITRATION INTERNATIONAL 2008 (forthcoming).

② Michael Schneider, Combining Arbitration with Conciliation, in INTERNATIONAL DISPUTE RESOLUTION: TOWARDS AN INTERNATIONAL ARBITRATION CULTURE, 94 (1996).

③ Tang Houzhi, The Use of Conciliation in Arbitration, in WIPO CONFERENCE ON MEDIATION, 6 (1996).

④ Tang Houzhi, Combination of Arbitration with Conciliation——Arb/Med, in NEW HORIZONS IN INTERNATIONAL COMMERCIAL ARBITRATION AND BEYOND, ICCA Congress Series No. 12, 13 (Albert Jan van den Berg ed., 2005).

员的基础。追根究底，仲裁和调解是一种服务事业，是当事人私人的事情。如果当事人对其自愿指定的仲裁员在调解程序中建立起信任感而希望他能继续担任仲裁员对未能和解的事项作出最终裁决，那么当事人的这一意愿应当得到尊重。

III. 结论

随着涉外仲裁在中国的增长，可以预见，参与到中国仲裁中来的西方仲裁员将会从其中国仲裁员同事中借鉴仲裁和调解相结合在东方成功的经验。事实上，对于仲裁和调解相结合的反对声音已经逐渐减弱，反对派也开始认识到这一结合的种种好处。[①]

另一方面，西方国家的实践也促进了中国对这一制度的改进和发展。比如：针对国际上对于仲裁员兼任调解员的担心，北仲在最新的《仲裁规则》（2008年版）中规定："因调解不成导致调解程序终止的，如果双方当事人以避免裁决结果可能受到调解影响为由请求更换仲裁员的，主任可以批准。双方当事人承担由此增加的费用。"[②] 该规则与《国际律师协会关于国际仲裁中利益冲突指导原则》（以下简称"《指导原则》"）的相关规定大相径庭。根据《指导原则》的规定，如果仲裁员认为调解程序的进行影响到他（她）在随后仲裁程序中的中立性，则该仲裁员应当主动辞去仲裁员的职位。[③] 另外一个值得注意的动态是，借鉴国际商会和美国仲裁协会等仲裁机构在独立调解规则方面的经验，北仲最近推出了单独的《调解规则》，自2008年4月1日开始实施。这样一来，当事人既可以根据北仲的《仲裁规则》选择由仲裁员进行调解，也可以根据新的《调解规则》向北仲申请由调解员进行单独的调解。

综上所述，国际上就这一问题正朝着一致化的方向发展。正如唐教授说

---

① Michael Schneider, Combining Arbitration with Conciliation, in INTERNATIONAL DISPUTE RESOLUTION: TOWARDS AN INTERNATIONAL ARBITRATION CULTURE, 97 (1996).

② 北仲《仲裁规则》（2008年版）第58条第2款。

③ Otto L O de Witt Wijnen, Nathalie Voser, Neomi Rao, Background Information on the IBA Guidelines on Conflicts of Interest in International Arbitration, BUSINESS LAW INTERNATIONAL, VOL. 5, NO. 3, 433 – 458, 452 (September 2004).

的那样，"世界上存在一种正在扩展的文化，它赞成仲裁与调解相结合"。① 仲裁员应当努力提高自身在仲裁和调解相结合方面的技术水平，并在调解程序中采取必要的防范措施以保证程序的正当进行②，从而使调解更有效的融合到仲裁程序中，以达到服务当事人的目的。

---

① Tang Houzhi, Is There an Expanding Culture that Favors Combining Arbitration with Conciliation or Other ADR Procedures? in INTERNATIONAL DISPUTE RESOLUTION: TOWARDS AN INTERNATIONAL ARBITRATION CULTURE, ICCA Congress Series No. 8 , 101 – 120, 101 (Albert van den Berg ed. , 1996) .

② 关于仲裁员在调解程序中应当注意的程序措施，参见 Gabrielle Kaufmann - Kohler, When arbitrators facilitate settlement: Towards a harmonization standard? ARBITRATION INTERNATIONAL 2008 (forthcoming) .

编者按

2008 年 11 月 13 日至 15 日，国际比较法学会（International Academy for Comparative Law）专题大会在墨西哥首都墨西哥城召开。本届大会的主题是"统一法规范对各国国内法制的影响：局限与可能"，其中一个议题是"统一法规范对各国国内仲裁法律制度的影响"。"统一法规范对各国国内仲裁法律制度的影响"议题由 American University 的 H. A. G. Naón 教授担任总报告人，中国国际经济贸易仲裁委员会赵健研究员和武汉大学法学博士、巴黎二大博士研究生肖芳应邀担任该议题的中国报告人。Naón 教授根据大会主题设计了问题单，请各国国家报告人回答，Naón 教授在各国别报告的基础上向大会提交总的报告。共有 17 个国家和地区提交了报告。本文是赵健、肖芳提交的中国报告。

1st Intermediate Congress of the International Academy of International Law The Impact of Uniform Law on National Law: Limits and Possibilities Commercial Arbitration: National Report of China

ZHAO Jian*   XIAO Fang**

1. From your national law perspective, would it be proper to include

* Doctor of law, Wuhan University, China. Arbitrator of China International Economic and Trade Arbitration Commission (CIETAC), member of Expert Advisory Committee of CIETAC. Arbitrator of Beijing Arbitration Commission. Member of Chartered Institute of Arbitrators (CIA). Executive member of Chinese Society of Private International Law (CSPIL).

** Master of law, Wuhan University, China. Doctoral Candidate of Private International Law, Wuhan University, China and University of Paris II (Pantéon – Assas), France. The authors would like to express their thanks to Dr. Xu Guojian, senior partner, Boss & Young, Shanghai, P. R. China, for his comment and suggestions.

within the notion of "Uniform Law" usages of the trade or "customs", general principles of law, general principles of contract law or of the law of obligations, transnational law, lex mercatoria, general rules of procedure? Uniform Law below shall mean Uniform Law according to the meaning assigned to this expression in your reply to this Question 1.

From Chinese law perspective, the "Uniform Law" is a wide – ranging notion. The scholars often use the notions of the "uniform substantive law", "uniform conflict law" and "uniform procedural law". All the three ones are components of the "uniform law". They include all forms of law rules drafted in the objective of the unification of the national laws or generally accepted by the national laws.

It is proper that the notion of "Uniform Law" includes usages of trade or "customs", general principles of law, general principles of contract law or of the law of obligations, transnational law, lex mercatoria and general rules of procedure.

Usages of trade or "customs" mean customary practices formed in long – term international trade practice. These customary practices are standardized in writing by international organizations and business or academic groups in some countries, which become the rules of conduct of parties in international business activities. They constitute the biggest part and occupy the most important position in the uniform substantive law.

"General principles of law" is rather a notion in public international law that could be applied by the justices of the International Court and be considered as one of the origins of the international law. It means those general principles of law accepted by the international community as a whole. This is also why they are considered to be included in the notion of Uniform Law.

General principles of contract law or of the law of obligations often appear in the national laws of contract or of obligations and in the international conventions or model laws of contracts and of obligations. They are normally accepted by most of the countries.

Transnational law is generally considered as a synonym of the international commercial law. As the synthesis of the law rules applied in the domain of international commerce, it includes usages of the trade, international civil procedural law rules and international commercial arbitration law rules, etc.

Lex mercatoria is spontaneously developed in the process of international trade and embodied in the forms of international trade usages, general principles of law and general conditions of trade. They are considered to be included in the notion of Uniform Law.

General rules of procedure are also the rules accepted by most of the national laws, embodied in the rules of international conventions of civil procedural law and the model laws of procedure, as The Hague Conventions of procedure law and the 1985 UNCITRAL Model Law on International Commercial Arbitration.

2. To which extent your country has incorporated Uniform Law as national law through treaty ratification, other enactments or court decisions?

China has ratified many international conventions which contain the rules of uniform law, such as the United Nations Convention on Contracts for International Sale of Goods (CISG), the 1958 New York Convention on the Recognition and Enforcement of the Foreign Arbitration Awards, etc.. As the national laws always stipulate that if the international treaties ratified by China provide differently, the rules in the treaties should be applied. And it is accepted as a general principle of the priority of the treaties ratified by China to the Chinese national laws. By this means, the uniform law rules in the treaties ratified by China are incorporated as the national laws. They are applied just like the national laws or are more favored than the national laws. Furthermore, the Chinese Supreme People's Court often draws up the special enactments to instruct the lower courts to apply the treaties during the proceedings. For example, it has promulgated a regulation for the execution of the 1968 New York Convention after China ratified this convention.

Additionally, according to the relevant stipulations of laws and regulations in China, international customs including usages of trade may be applied if there is corresponding stipulation neither in PRC laws nor in international treaties to which the PRC is a signatory. It is accepted as a general principle of the supplemental application of the international customs. Hence, the international customs are incorporated as the national laws with the limits of the gaps of the national laws and the treaties ratified by China.

3. To which extent your national law should be considered as including Uniform Law when designated as proper law of the contract? the law governing the tort? When your country is designated as place (seat) of the arbitration?

As we don't have the statistic information concerning this issue, we respond to this question from our personal perspective.

When the Chinese law is designated as proper law of the contract, the law applied is normally the Chinese contract law. It is rarely considered as including Uniform Law. When China ratified the United Nations Convention on Contracts for the International Sale of Goods (CISG) in 1986, one of its two reservations is directed against the Article 1 (1) (b), which stipulates that the convention "applies to contracts of sale of goods between parties whose places of business are in different States when the rules of private international law lead to the application of the law of a Contracting State. " It means that, if the Chinese law or the law of another signatory country is designated as the law applicable to the contract, it is not accepted in China to consider the application of this convention. From this point of view, we could conclude that China takes the negative position to the application of the uniform law incorporated in the national law designated as proper law of the contract. And therefore, we can give the negative answers to this question and the fourth one.

In spite of this general negative position, we should remind that, we have the impression of the supplemental application of the international customs including usages of trade in this case. As we mentioned above, they may be applied if there is corresponding stipulation neither in PRC laws nor in international treaties to which the PRC is a signatory. It may be considered as the exception to the general negative position to the application of the uniform law in this situation.

For the cases of the tort, we don't think that there will be any change of the position. Moreover, we could even be a little surer of the negative answer. Firstly, from the perspective of the Chinese law, the "Uniform Law" is seldom involved in the domain of the law of tort. The object of the consideration does nearly not exist. Secondly, the doctrine of the proper law of the tort is not accepted in the Chinese legislation of the application of law in tort (Art. 146 of the "General Principles of the Civil Law") . The principle of the autonomy of the parties does not work in the dispute of tort. The lex loci delicti is normally applied with the limit of the common national law of the parties. Therefore, the legislator demonstrates a strong intention of the application of the two national laws.

When China is designated as the place of the arbitration, the case still does not change. We don't think the arbitrators could ignore the reservation of China concerning CISG and the Chinese conflict laws.

4. To which extent legal notions in your country applicable in the process of deciding a dispute by courts or arbitrators (including public policy and international mandatory rules or lois de police (national or foreign)) will accept Uniform Law incorporated in the foreign law (substantive or procedural) applicable, as the case may be, to the contract giving rise to the dispute/at the foreign arbitral place or seat?

As we don't have the statistic information concerning this issue, we respond to this question from our personal perspective.

The answer depends on the form of the uniform law incorporated in the national law. For the uniform law directly transformed and published as national law, the answer is positive. For the rest, the answer inclines to be negative.

As we mentioned above, from the point of view of the reservation of China against the Article 1 (1) (b) of CISG, China does not favor the application of the convention if the national law of the signatory country is designated as the applicable law of the contract.

Although we don't have experience at hand, we don't think the uniform law incorporated in the foreign law could be out of the range of the public policy. Art. 150

of the 1986 General Principles of the Civil Law of the People's Republic of China stipulates that the application of the foreign law or international customs by means of the Chinese conflict law rules should not violate the "social public interests" which is generally known as Chinese public policy.

5. To which extent arbitral awards are officially published or informally disseminated in business and legal circles in your country? Is your country a stare decisis country? If so, to which extent stare decisis applies to arbitral determinations/awards? To which extent issue preclusion or collateral estoppel (if accepted in your legal system) is applicable in arbitration (from court of law to arbitral tribunal and viceversa / between arbitral tribunals)?

Most of the major arbitration commissions in China published their arbitral awards with necessary technical edition on a regular basis. For example, China International Economic and Trade Arbitration Commission (CIETAC) has published all its arbitral awards rendered from its founding to 2004, and CIETAC is now scheduling to publish all the arbitral awards from 2004 to 2007. Besides that, from time to time, some awards of the key importance were published on the official website of CIETAC, www. cietac. org.

Although China is not a stare decisis country, the leading judgments are increasingly playing more and more important roles in China, especially those made by the Supreme People's Court (SPC) or published on the Gazette of the SPC. It is a natural tendency that the arbitrators will make the same or likely award as the judgments made or published by the SPC where the facts or legal issues are common. Besides that, according to Article 9 of the 2001 Several Provisions of the Supreme People's Court on the Evidence for Civil Actions, the facts established by the judgments or arbitral awards should be followed by the judges or arbitrators sitting in the relevant cases unless the evidence to the contrary is found enough to overturn them.

Estoppel, a notion developed in the English law of equity, is not a legal concept of universal currency over the world. The legal term like estoppel could not be found in Chinese Law. Moreover, it seems to us that what is suggested by estoppel is no more than that a party must act in good faith. If that is true, the legal idea like estoppel is accepted in Chinese law, including in arbitration in China. For example, Article 74 of the 2001 Several Provisions of the Supreme People's Court on the Evidence for Civil Actions stipulates that, the court should confirm the facts and the evidences unfavorable to the parties if they have admitted and approved themselves during the procedure, unless the parties have enough contrary evidences to overturn them.

6. To which extent national laws and state courts in your country are "arbitration friendly"? Does your answer change depending on whether a state party or a state interest are directly involved in or affected by the resolution of the dispute or the contract may be labeled as "a public" or as an "administrative" contract under your legal system? Whether the arbitration is "international or domestic"? Whether its seat/place is within/without your country?

China is an arbitration friendly country. China promulgated its Arbitration Law in 1994, which came into force as of 1 September 1995. Most of the basic rules of 1985 UNCITRAL Model Law on International Commercial Arbitration have been introduced into the 1994 Chinese Arbitration Law. Pursuant to a decision passed by the NPC Standing Committee on 2 December 1986, China became a state party to the 1958 New York Convention on 22 April 1987. Besides that, China also has entered bilateral investment treaties (BITs) with more than 100 foreign states and these treaties have provided for arbitration as a dispute resolution mechanism. The pro-arbitration judicial policy has been accepted by the Chinese Courts. Recently, SPC is executing a reform scheme to encourage arbitration and mediation in China. Nowadays, there are nearly 200 arbitration commissions in China. A statistics shows that 60844 cases were decided by 185 Chinese arbitration commissions, with the disputed amount RMB 727 billions Yuan in 2006.

According to Article 2 of the 1994 Chinese Arbitration Law, only the contractual and property disputes arising between equal citizens, legal persons and other organizations can be referred to arbitration. Any administrative disputes that must be dealt with by the administrative authority according to the relevant legislation are excluded from arbitration. Therefore, the disputes arising from the " public " or "administrative" contracts cannot be resolved by arbitration. Surely, a state organ may enter into contract with citizens or legal persons on the equal foot. For example, a municipal government signed a contract with a company for purchasing cars. Generally, such contract is commercial contract in its nature, not "public" or "administrative" one, and accordingly, the disputes arising from it can be referred to arbitration. The Chinese laws and People's courts give the equal treatments to state parties and non - governmental state parties. Moreover, in the bilateral investment treaties (BITs) that China concluded with foreign states the arbitration as a dispute resolution mechanism is becoming more and more favored. The arbitration friendly policy of China is not affected where a state party or a state interest is directly involved.

According to the 1994 Chinese Arbitration Law and the SPC's Provisions on the arbitration law, generally, foreign - related arbitration or international arbitration enjoys some privileges in China as compared with domestic arbitration. Among them, the most important one is the much - limited judicial review of arbitration awards. The international arbitration and the foreign arbitration are given more - favored treatment than domestic arbitration in China. To some extent, China is more arbitration friendly when the arbitration is international.

The international arbitration or the foreign - related arbitration may also include the arbitration which has the place within China if the case concerns the foreign elements. This kind of arbitration is also more favored than the domestic arbitration. Therefore, we could conclude that the place of the arbitration is not an element which influences the arbitration friendly position of China.

7. To which extent arbitral awards are subject to control on the merits (including from the outlook of private international law or choice - of - law

methodologies, rules or principles applicable or accepted in your country) or in respect of procedural notions or matters (e. g. , due process) when rendered in your country or (if rendered abroad) when brought for enforcement/ recognition in your country?

According to Articles 58 and 63 of the 1994 Chinese Arbitration Law and Article 217 of the 1991 Chinese Civil Procedure Law, the People's court may set aside or refuse to enforce a domestic award if it is found that: (a) the evidence upon which that arbitration award is based is false; (b) the counter – party has concealed evidence so material as to affect the fairness of the award; or (c) the application of law is in error. Under such limited circumstances, it can be understood that the People's court has the power to review the merits of the award when setting aside or enforcing a domestic award.

In the case of a foreign – related award and a foreign award, the court may review only restricted procedural matters corresponding to international standards. Procedurals irregularities provided by 1994 Chinese Arbitration Law are as follows: (a) no arbitration agreement has been reached or the arbitration agreement is void or invalid; (b) the subject matter to be arbitrated falls outside the scope of the agreement; (c) the constitution of the arbitration tribunal or the procedures for arbitration violate statutory procedures or the parties' agreement; and (d) the party has not got appropriate opportunity to present its case.

8. Which is the notion of and role played by public policy in the recognition or enforcement of arbitral awards rendered abroad? Of lack of arbitrability? international mandatory rules or lois de police (national or foreign)? To which extent any of these reservations/notions serve the purpose of advancing primarily local or domestic notions regarding both substantive law and procedural law matters?

Public policy, in theory, plays an important role in the recognition or enforcement of arbitral awards rendered abroad. According to the 1958 New York Convention and the 1994 Chinese Arbitration Law, the People's court may refuse to recognize or enforce a foreign award if it is found that the enforcement of the award violates the public policy of China. It should be noted that the 1994 Chinese Arbitration Law gives no definition to the term of public policy, but it is generally accepted that public policy normally means the fundamental and significant principles of Chinese laws and morals. A survey shows that most parties who were unhappy with the arbitral awards rendered abroad put forward the public policy defense before the People's court, but seldom get support from the People's court.

It is generally accepted in Chinese scholar circle that the international mandatory rules or lois de police is different from public policy, the ambit of public policy is much more limited. However, the arbitral award rendered abroad in violation of international mandatory rules undoubtedly takes the big risk of the refusal of recognition and enforcement in China. As for the lois de police, Art. 126 of the 1999 Chinese Contract Law and Article 8 of the 2007 Several Provisions of the SPC on the Law Application of the Foreign Related Civil and Commercial Contract, which provide that the Chinese law should be absolutely designated as applicable law in certain kinds of contracts concerning the foreign investment in China, are generally known as one of the most important rules concerning the lois de police or "loi d'application immédiate" in Chinese law. We don't think the arbitral awards rendered abroad in the disputes of these contracts on base of foreign law could be accepted by Chinese courts.

According to Article 5.2. (a) of 1958 New York Convention, recognition and enforcement of an arbitral award may be refused if the competent authority in the country where recognition and enforcement is sought finds that the subject matter of the difference is not capable of settlement by arbitration under the law of that country. China made commercial reservation when acceding to the 1958 New York Convention. In accordance with Article 2 and Article 3 of the 1994 Chinese Arbitration Law, only the commercial disputes arising between equal citizens, legal persons and other organizations can be resolved by arbitration; disputes arising from marriage, adoption, guardianship, maintenance, succession of property, and any administrative disputes that must be dealt with by the administrative authority are excluded from arbitration. Therefore, the People's court may refuse to recognize or enforce an arbitral award rendered abroad if it finds that the subject matter lacks arbitrability.

The public policy is normally used in China in regard to its negative function to exclude the application of the law designated by conflict law rules. Its positive function of advancing primarily local or domestic notions is seldom brought into play. Although the "loi de police" or "loi d'application immédiate" are used for their positive function, they don't aim to advance local or domestic notions. What they concerned are the Chinese social public interests that the legislation should protect.

9. Having in mind your answers to questions 3 – 8 above, to which extent arbitral awards or determinations influence, or may be considered as possibly influencing state court decisions or legislative change in your country? To which extent courts of law in your country defer to determinations made by local or international arbitral institutions in charge of administering arbitrations? If no experience at hand, which would be the prospective answer to these questions? Please differentiate the areas of the law in which this influence exists or may potentially exist in the future.

CIETAC, as the leading arbitration body in China, plays an important role in Chinese legislative change about arbitration. It is well known that much reference has been given to CIETAC Arbitration Rules when NPC, the Chinese legislative body, made 1994 Chinese Arbitration Law.

As to whether arbitral awards or determinations influence or possibly influencing state court decisions, we have not enough experience at hand. But under the following circumstance, arbitral determinations may be very likely influence court decisions. According to Article 20 of the 1994 Chinese Arbitration Law, the arbitration committee is entitled to decide the objection regarding the validity of the arbitration agreement, while the People's court entertains the right to make the final say. The People's court will normally review the decision made by the arbitration committee carefully and the latter may influence the court decisions.

At present and in the future, the areas of law in which the influence exists mostly should be arbitration law, commercial law including contract law, financial law and investment law, etc.

10. Having in mind your answers to questions 1 – 9 above, to which extent arbitral awards rendered in your country, enforced or enforceable in your country or concerning nationals of or residents in your country apply or may be deemed as based on Uniform Law? If no experience at hand, which would be your prospective answer to this question?

Most of the Rules of Chinese arbitration commissions provided that the international practices shall be followed by the arbitration tribunals to make the award. For example, Article 43. 1 of CIETAC Arbitration Rules stipulates that: "The arbitral tribunal shall independently and impartially make its arbitral award on the basis of the facts, in accordance with the law and the terms of the contracts, with reference to international practices and in compliance with the principle of fairness and reasonableness. "

We don't have relevant statistic figures, but as a matter of fact, CISG, INCOTERMS 2000 and UCP500 are often used by the arbitral tribunals to make their awards in China, mostly by means of the choice of the parties.

11. Having in mind your answers to questions 1 – 10 above, which has been the impact of arbitral awards and determinations in introducing, firming up or applying Uniform Law, including through legislative change or the action of the courts, in your country? Of foreign court decisions regarding arbitral awards or determinations referring to or based on Uniform Law? If no experience at hand, which would be the prospective answers to these questions?

No experience at hand.

Personally, we believe that with more and more Uniform Law is referred to or based upon by arbitral tribunal or foreign court, it will be much easier for Chinese courts and legislative body to accept them if such Uniform Law is not contrary to

Chinese public policy or Chinese mandatory rules.

12. Having in mind your answers to questions 1 – 9 above which has been the impact on the fashioning of your national legislation on arbitration – domestic or international – or on arbitral awards rendered in your country or concerning nationals of or residents in your country of: (a) the action and rules of international arbitral institutions (e. g. the International Court of Arbitration of the International Chamber of Commerce (ICC) , the American Arbitration Association (AAA) and its International Centre for Dispute Resolution (ICDR) , the London Court of International Arbitration (LCIA)) ; (b) the works of international organizations (e. g. , UNCITRAL, UNIDROIT, the European Union, NAFTA, the Organization of American States) ; and (c) foreign court decisions or legislation reflecting the influence of the action or works of institutions or organizations like the ones mentioned in subparagraphs (a) or (b) above? If no experience at hand, which would be your prospective answers to these questions?

Both the action and rules of the major international arbitration institutions and the works of international organizations, especially UNCITRAL, have impact upon the fashioning of Chinese national legislation on arbitration.

China is a state member to UNCITRAL. Most of the basic principles of 1985 UNCITRAL Model Law on International Commercial Arbitration have been introduced into the 1994 Chinese Arbitration Law.

Although arbitration rules is not law in its nature, it is true that arbitration rules can influence the making of the national legislation on arbitration. Chinese arbitration commissions revise their arbitration rules from time to time, and when revising their rules, much reference was naturally given to the action and rules of the major international arbitration institutions, such as ICC, AAA and LCIA. Some rules of the major international arbitration institutions have been introduced into Chinese arbitration commissions' practice. For example, the scrutiny of the award by the arbitration commission, which is one of the salient features of ICC (although much criticizing）, has been accepted by CIETAC in 1990s. Article 45 of CIETAC Arbitration Rules provides that: "The arbitrators shall submit its draft award to the CIETAC for scrutiny before signing the award. The CIETAC may remind the arbitral tribunal of issues in the award on condition that the arbitral tribunal's independence in rendering the award is not affected. "

No experience at hand about the influence of the foreign court decisions reflecting the influence of the actions or works of the major international arbitration institutions and the international organizations. Personally, we believe that with more and more actions or works of the major international arbitration institutions and the international organizations accepted by foreign courts and foreign legislation, it will be much easier for Chinese courts and legislative body to accept them if such works or actions are not contrary to Chinese public policy or Chinese mandatory rules.

从 1899 年到今天：常设仲裁法院的百年

裴 欣*

一 常设仲裁法院的历史与中国的渊源

提到海牙，就不得不提和平宫，这个正义和世界和平的梦想之地。然而，当问及这座气势恢弘的哥特式建筑为谁而建，也许大多数人都不清楚。

20 世纪初，在美国钢铁大王卡内基的捐助下，和平宫于 1913 年建成，常设仲裁法院正式入主和平宫。常设仲裁法院（Permanent Court of Arbitration）是根据 1899 年第一次海牙和平会议上签订的《和平解决国际争端公约》成立的，该公约于 1907 年经历了第二次海牙和平会议的修订。迄今为止，常设仲裁法院已在此走过了 100 余年的岁月。而著名的国际法院（International Court of Justice）则是在 1945 年联合国成立以后将此作为办公之地的。

在谈到这座令人惊艳的建筑时，常设仲裁法院副秘书长 Brooks Daly 也表示："坦率的说，最初和平宫的确给我留下了非常深刻的印象。这是一座令人非常难忘的建筑。"

多数人对常设仲裁法院的不了解或许是由于 1946 到 1990 年间其处理的仲裁案件数量有限，也或许是仲裁的保密性使然，因为案件仲裁过程几乎不向公众开放，且如果仲裁双方提出要求，有时甚至连仲裁裁决都是保密的。但

---

* 常设仲裁法院法律顾问助理。

从上世纪 90 年代以后，常设仲裁法院又重新活跃起来。

正如秘书长 Tjaco T. van den Hout 在常设仲裁法院百年纪念会议上所指出的："尽管常设仲裁法院在 21 世纪的活动才能与它在 1900－1921 年间的活跃程度相媲美，它仍然在朝着实现《和平解决国际争端公约》起草者最初远大目标的道路上不断前进。"而在第一次海牙和平会议上，俄罗斯 Tsar Nicholas 二世就提出，常设仲裁法院的目标在于"寻求最有效的方式以保证全世界人民能得到真正且持久的和平。"

目前常设仲裁法院有 107 个成员国，且数量还在不断增长。中国加入了两次海牙和平会议上签订的《和平解决国际争端公约》，因此自常设仲裁法院成立时起，就是成员国。并且，常设仲裁法院进行的首次商事仲裁涉及的就是中华民国国民政府和美国无线电公司（RCA）之间的纠纷。该纠纷源于中华民国国民政府在与美国无线电公司签订了一份无线电电报通信协议后，又与麦凯无线电公司（Mackay Radio）和电报公司（Telegraph Company）签订了类似的协议。美国无线电公司认为这两份协议违反了中华民国国民政府与其签订的协议。双方于 1928 年 11 月 10 日达成仲裁协议并提交仲裁，最后仲裁庭于 1935 年 4 月 13 日裁决中华民国国民政府后两份协议的签署并未违反其与美国无线电公司之间的协议条款，中华民国国民政府胜诉。

二　常设仲裁法院的机构设置及国际事务局的人员组成

此后的百余年里，常设仲裁法院处理了大量复杂的案件，这与其高效的机构设置是密不可分的。常设仲裁法院主要分为 3 个部分：成员国；由各成员国任命的仲裁员组成的仲裁法庭，每个成员国最多可以任命 5 位，中国政府目前任命了两位；由律师和行政人员组成的国际事务局，为仲裁庭和当事双方的仲裁过程提供帮助和支持。

国际事务局包括秘书长在内共 23 人，分别来自不同的 20 多个国家。英语和法语是官方语言，但很多职员都会多国语言。比如，副秘书长 Brooks Daly 能说流利的英语和法语，还懂荷兰语和西班牙语。总顾问 Maurizio Brunetti 则能说英语、意大利语、荷兰语、法语、德语和西班牙语。法律顾问助理 Fedelma Claire Smith 也懂英语、法语和德语。

法律顾问 Sarah Jane Grimmer 在介绍国际事务局的人员组成时表示："我们的团队由一些活力四射的年轻律师组成，大家来自不同的国家，有着不同的职业背景。我们工作的标准非常高，常常处理颇具挑战性的法律和实际问题。在常设仲裁法院，最令我印象深刻的就是大家致力于把工作做得最好的强烈渴望和决心。"

在谈到常设仲裁法院的工作环境和氛围时，高素质的法律团队以及团队合作精神无疑是大家感触最深的。Maurizio 的回答言简意赅："常设仲裁法院让我感到积极和温暖的就是团队合作精神。这里的律师、管理人员和秘书处员工都非常有能力，工作效率高，对仲裁庭、争议各方以及常设仲裁法院成员国要求的服务都能迅速作出回应。所有的同事都很友好，并总是乐于助人。"

Brooks 表示："我们的国际事务局是一个小团队，所以你很了解你的同事，可以和他们进行融洽且友好的交流。与此同时，我们一直和全球范围内的、参与到我们正在处理的案件过程中的律师和仲裁员保持联系，所以有许多机会见到新面孔。当然，我们可能会参加在全球不同城市进行的案件审理，所以经常出差世界各地，但大多数时间还是在海牙的和平宫工作。"Sarah 也表示："在和平宫这个具有历史意义且华丽宏伟的地方工作让人既感到愉悦，又感到荣耀。"

Fedelma 对于这里最深的印象是友好。"大家相互支持，哪怕是在工作强度很大的时候，这是我从开始一直到现在的感受"，她兴奋的表示："有一件事令我难以忘怀，我有幸协助厄立特里亚－埃塞俄比亚边界委员会的工作，包括在 2007 年 9 月参与的双方会议，那段时间，与国际顶尖的律师精英共同参与案件审理和审议让我感到十分兴奋。常设仲裁法院职员在仲裁过程中的团队合作是我难以忘怀的可贵精神，而当感受到我们正在为世界和平做出贡献时，心情更是激昂澎湃。"

在谈到为什么选择常设仲裁法院工作的时候，Sarah 表示："我以前工作过的仲裁机构主要处理国际商事纠纷，常设仲裁法院吸引我的地方就在于这里是国际公法和私法的融合之处。"

Brooks 也对此表示赞同："从这个角度考虑，我认为常设仲裁法院以和平的方式处理国家之间的争端（比如海域划分和陆地边界划分问题，国家与私人之间的投资争端问题）和我以前处理过的商务争端很不一样，也重要的多。"

Maurizio 则谈起了自己在伊朗－美国索赔法庭的经历。"在来常设仲裁法院工作以前，我曾在伊朗－美国索赔法庭工作了很多年，担任副秘书长一职，为案件程序和审理过程提供法律意见，也亲自处理过许多案件，包括国家之间或者国有公司之间的纠纷。所以，我到常设仲裁法院工作是很自然的选择：我希望能在一个一流的，处理高层次的国际重大案件的仲裁机构工作；我还希望进一步丰富自己的经历，并将以往的经验更加广泛地融入到国际仲裁领域。常设仲裁法院能提供这些很好的机会，所以我非常开心能在这里工作。"

Fedelma 则认为常设仲裁法院实现了她为国际组织工作的理想："2005－2006 年，我在荷兰莱顿大学攻读国际公法硕士学位，当时，能进入国际组织从事法律工作是我的理想。常设仲裁法院处于国际公法和私法融合的特殊地位，为我将所学知识和对国际公法的热爱融入到实践中提供了一个独一无二的发展前景，还拓展了我的商业综合思维，培养了一系列技能，比如文书起草、法律研究和案件管理。"

三　常设仲裁法院在当代的发展

1. 商事仲裁与投资纠纷

首先，作为政府间组织，常设仲裁法院处理的纠纷并不限于 1907 年《和平解决国际争端公约》中规定的国家之间的纠纷，国际组织、甚至私人企业与国家之间的纠纷都可以在此进行仲裁、调解或者要求常设仲裁法院进行事实调查。显然，这些发展是公约的最初起草者没有预见到的，因为常设仲裁法院最初并不处理国家与投资者之间的商事纠纷，扩大仲裁的纠纷范围是常设仲裁法院在新的历史条件下的新政策。

目前常设仲裁法院正在处理 26 个主要案件，包括国际商事、国际投资、领土划界和国际人权法的纠纷。

当然，仲裁不同于诉讼，由常设仲裁法院进行的仲裁案件都需要纠纷双方一致同意才可以提交，这一特点保证了国家不会因此陷入无休止的仲裁纠纷中，如果国家不同意进行仲裁，纠纷另一方单方面提交仲裁是没有用的。

虽然解决国家之间的纠纷仍是常设仲裁法院的工作重点，近年来，投资纠纷的案件数量也逐渐增多，并将成为重要的工作内容。近年来，各国签署的双边投资协定的数量显著增长。联合国贸易和发展大会的数据显示，截至 2005 年底，全世界共签署了约 2500 个双边投资协定。其中，中国是世界上签订双边投资协定数量第二的国家，仅次于德国。

在这种形势下，常设仲裁法院也投入了大量精力对各国的双边投资协定进行分析研究，中国也是该研究项目的重点国家之一。由于这类纠纷往往涉及到一个国家和另一个国家的投资者，且往往数额巨大，如果双方无法协商解决，且无法迅速有效的开展仲裁，对纠纷的解决是十分不利的。

《联合国贸易法委员会仲裁规则》在一定程度上解决了这个问题，常设仲裁法院是其中规定的指派当局的任命机构（designator of appointing authority），当纠纷双方无法就仲裁员的指定达成一致时，一方可以请求常设仲裁法院秘书长任命指派机构，再由指派机构指定仲裁员，以提高纠纷解决的效率，避免纠纷解决陷入僵局。

但如果能在双边投资协定中规定具体的指派当局，则能进一步缩短成立仲裁庭所需的时间，进一步提高效率。在这一理念的指引下，常设仲裁法院正积极与许多国家的政府联系，希望在这些国家双边投资协定的纠纷解决仲裁条款中，将常设仲裁法院秘书长直接作为指派当局，希望能将常设仲裁法院的作用发挥到最大，最大限度的提供服务。目前，包括美国和印度在内的一些国家都纷纷采纳了这一建议，在处理双边投资协定纠纷中，将常设仲裁法院秘书长作为指派当局。鉴于中国签署的双边投资协定数量之多，常设仲裁法院也希望中国政府考虑在未来签署的双边投资协定的仲裁条款中将其作为指派机构。

此外，处理国际能源资源贸易、运输和投资的《能源宪章条约》也在国家间争端解决条款中将常设仲裁法院秘书长作为指派机构。

对于常设仲裁法院在解决投资纠纷时所能发挥的作用，秘书长 Tjaco T. van den Hout 表示："鉴于进行一次大的国际商事仲裁所需要的时间和费用，如租用场所、还可能需要任命秘书、注册主任、翻译和速记员，常设仲裁法院的设施和国际事务局的职员可为当事方减少这些麻烦。"

2. 东道国协议（Host Country Agreements）

常设仲裁法院的现代性和开创性思路在其东道国协议中有充分的体现。为了能在更大的范围内提供纠纷解决服务，常设仲裁法院近年来采用了一项新政策，与1899年或者1907年《海牙和平解决国际争端公约》的缔约国签署东道国协议。通过签署该协议，未来由常设仲裁法院进行的仲裁、调解和事实调查都可以在东道国境内进行，而不需要在东道国建立常设机构。

当事方对于适用何种仲裁程序规则有广泛的选择权，可以是1899年和1907年的海牙公约，可以是常设仲裁法院的《任择性规则》，可以是其他适当的规则，如《联合国贸易法委员会仲裁或调解规则》，也可以是适用于具体纠纷的特定规则，因此能享有最大限度的程序自由选择权。

通过该协议，常设仲裁法院和东道国共同合作，保证常设仲裁法院的职员以及仲裁过程的参与者（如法律顾问、代理和证人）能够在与常设仲裁法院与荷兰王国政府签署的总部协定相同的条件下履行职能。更加重要的是，东道国协定能保证常设仲裁法院在东道国进行仲裁所需的设施和服务，并能为仲裁参与者提供豁免（如某些经济上的豁免权）。常设仲裁法院与东道国还可以在东道国领土上建立常设仲裁法院的设施。

因此，东道国协议为东道国境内或附近的纠纷双方提供了便利，也提高了效率，因为仲裁过程不必在海牙进行，而在当地就可以解决。

20世纪末至今，国际社会进一步认识到了由仲裁机构对国家间、投资者与国家之间纠纷进行仲裁的好处。近来常设仲裁法院的案件数量增长反映了这个趋势。此外，常设仲裁法院成员国数量的不断增长也反映了国际社会对这样一个常设的、有能力处理国家、国际组织和其他国际主体之间复杂纠纷的机构的需求。东道国协议政策也是为了适应新形势而采用的。

目前，常设仲裁法院已经和新加坡政府、哥斯达黎加政府和南非政府签署了东道国协议，亚洲、美洲和非洲的纠纷都可在这三个国家进行。鉴于中国在亚洲的重要地位，常设仲裁法院也希望能与中国政府签署类似协议，进一步扩大常设仲裁法院的服务范围。

"在一些案件中，当仲裁裁决做出后，仲裁双方都特地感谢常设仲裁法院为案件的顺利开展所做出的努力。尽管常常会有一方没有得到预期满意的结果，但他们还是很感激常设仲裁法院所做的工作，并理解到在帮助双方的立场上，我们完全是中立的，公平对待仲裁双方。这一点非常鼓舞人心。"Brooks 欣慰的表示，这让他感到很温暖，未来常设仲裁法院将继续秉承《和平解决国际争端公约》的宗旨，为世界的持久和平做出努力。

仲裁员札记

如何实现仲裁中调解的价值

谭敬慧*

具有中国特色的仲裁中调解制度，又称混合调解制度，是深厚扎根于中国几千年文化背景之下而产生的一种纷争解决方式，其与通过诉讼仲裁来解决纠纷的价值观是存在明显差异的，同时还与一般调解在实现法律价值的方式上也有很大不同。

（一）仲裁中调解与一般调解价值实现方式的差异

1. 一般调解的价值实现

一般调解方式，其实质是达成当事人自愿的让步契约，是基于私法的意思自治对交易契约中的冲突重新进行要约和承诺。其利在于实现法律的成本效率和自由价值。

然而弊端则有二，其一为，并非所有民商事冲突均可以待价而沽和妥协让步，尤其在中国这样一个拥有复杂经济成分实体的国家，对于交易价值的期望因为债权人的身份不同而不同。况且一旦调解失败，纠纷的解决将会面临更多时间和金钱的付出。

---

* 中国建筑股份有限公司法律事务部副总经理，北京仲裁委员会仲裁员。

弊端之二，从法律规则的存在价值看，大量的纠纷采用调解方式结案，不能彰显冲突解决中的法律公平与正义目标，亦即，在现实之中国社会，如何兼顾法律正义与社会和谐，如何兼顾法律正义与效率的问题，此亦为中国法治建设和纠纷解决机制结构设立中的难题。

2. 仲裁中调解的价值实现

仲裁中调解，采用了一般调解的基本内涵和形式，其特点是附着在仲裁过程中，在一个程序中融合了一般调解方式和仲裁诉讼方式的两重程序功能，是中国特色纠纷解决的实践突破。该种模式在对待实现法律的多重价值方面，也是利弊兼得。

有利之一，冲突各方在仲裁过程之中，可以在完全自愿的状态下启动调解机制，调解不成亦可迅速回归到仲裁程序。这种方式给予当事人处理纠纷最大的自主权，也同时可以实现法律的自由价值和效率价值。

有利之二在于，对于冲突各方，都可以通过一定之仲裁程序逐渐剥开交易的部分"法律真实"，在各方内心逐渐清晰案件的部分法律轮廓，并促进各方进入让步的合理区域。

然则仲裁中调解的最大弊端是，仲裁中调解所披露的各方信息，包括当事人的内心评价和让步底线等意愿，是否会影响后续仲裁程序中仲裁员的事实认定和裁判思路，并对最终的裁判决定造成有失公平和正义的影响。该种忧虑恐非庸人自扰，很多的西方学者经常会质疑中国特色的仲裁中调解，但是，也有部分国家开始尝试仲裁中调解的实践运用。

笔者认为，对此疑义的分析取决于对两个问题的衡量，一是在现实之中国，我们是否以追求效率价值优先为初衷的问题。二是启动该种程序将会损失何种法益的问题。

实际上，当事人如果完全自愿选择仲裁员作为调解员，选择中断仲裁程序，对于处于法治环境之下的民众而言，应当是对自由交易的一种极大尊重，因为我们仅仅是启动了一种对争议进行新的要约和承诺的程序，最终是否达成调解，尚需取决于当事人自己的意愿。当然也可能存在另外一种情形，即如果在调解过程中，由于仲裁员的参与，且在一定程度上透露出倾向性时，则可能导致当事人对未来裁决的主观误导，而做出不能完全平等和公正的让步，最终受到损失。这个损失与获得的效益与效率相比，结合当事人对交易和惯例的掌握能力，结合仲裁员的职业素养，笔者认为总体可以控制在一定范围，应当是值得的。

总之，调解的最初目的是为了节约冲突解决成本，促进社会交易。但是，在中国实现法律规则和程序价值的同时，如欲照顾效率和公平价值，有两个因素必须面对，一为社会纠纷的发展现状和困难，二为解决该种困难与经济发展相适应的社会法律资源能力，包括司法或仲裁资源、法律法规的建设、现实国情文化等。

（二）仲裁中调解的困难

仲裁中调解已经在中国适用多年，但仍然存在非常多的困难，具体表现在：

1. 仲裁中调解氛围的启动困难

从仲裁程序中转至调解程序，需要两个程序的参与者都要转换角色，而截然不同的程序，其氛围也是完全不同的，由于仲裁中调解基本都是与仲裁案件的庭审在同一个房间内进行，各方的座位也无须变换，因此从客观形式上无法将气氛调节得更为缓和，即使调解员试图放松各方的心态，各方当事人因为已经积怨在先，且已诉至仲裁庭，早已非一般心结。因此，对于调解员简单而没有感染力的启动工作，很容易在这个过程中遭遇到冷场和内心不合作的冷谈气氛，给后续的调解造成不利。

尤其是当事人的经济实体形式有国有和民营、个体等不同之分时，当事人经常是只想听听对方的开价，并未做好进入调解程序的氛围准备。

2. 仲裁中调解的交流困难

由于未能做好调解气氛的全面准备和适应，仲裁中的调解会遇到交流的困难，即当事人不容易全新审视自身地位的劣势，从而不能冷静看待双方的利益，表现为在秘密会议上一味诉说己方遇到的不公和损失、不能进行规范舞步的妥协、固守开庭前的底线等障碍困难。

3. 仲裁中谈判困难

仲裁中调解的谈判环节，利益方式的单一化，导致不容易化解分歧，不容易创造性的发挥调解员的智慧和技巧，该困难始于中国企业经济成分的特殊性，即国有企业和民营企业在企业文化和价值利益追求的不同，导致调解员不容易发现线下利益，不容易触动双方的内心而发出让步妥协的信号。

另外，中国国有企业作为一方当事人的调解和仲裁诉讼，还有一个特点，一般情况下企业负责人是不会参加出庭和调解的，而且国有企业往往只是从形式上给予代理人参加调解的全面授权，但是实际上谈判方案和结果需要亦步亦趋的向其企业决策者进行现场的报批，这样也造成调解过程中产生客观上的让步困难，很难一次完成全面的调解过程。

另外，谈判中通常会遇到，当事人委托的代理人需要实质告知其委托方决策者让步的结果，并接受其意见的情形，实际上最终让步是否成功很大程度取决于代理人如何表述、如何有利分析、是否可以说服企业领导，毕竟企业决策者并未身临其境，并未了解双方的利益博弈，因此，很多情形下，仲裁中调解和一般调解为此功亏一篑。

同时，对于代理人来说，其个人执业技能和法律素质不同，有的不能在告知决策者时，做到辨法析理，不能在融入调解的核心思想的同时，设计出符合法律规则和商业规则的让步方案，总之就是，不能以其思想和技术实质性影响其当事人，这也是调解失败的因素之一。

4. 仲裁中调解的评估困难

仲裁中的调解，作为两种角色的担当者，尤其需要谨慎的就是其倾向性流露。一般调解中，调解员可以运用评估的方法，适当帮助当事人理解冲突中的法则和利益分配，但是作为仲裁员，其实是无法也不应给出法律评估意见，如此就只能借助帮助性手段实施调解，抚平各方的鸿沟，从这个意义上看，调解员与一般调解相比缺少了一个重要的手段。

5. 平安回归仲裁

回归仲裁程序，与调解的收尾活动联系在一起，其实可以分为三种情形，

➢第一种，全部不能达成一致调解协议

➢第二种，部分达成调解协议

➢第三种，全部达成一致调解协议

对于第一种，在回归时，应整理思路，保留调解中已经建立的信任和调解成果，保持调解开放，为再次调解做好准备。

对于第二种，对于达成调解结果部分，存在区分部分调解与原争议标的界面划分的问题，并同时保持调解选项的开放。

对于第三种，存在调解员保持冷静和客观全面的思路，整理成果，收紧节奏，并终结程序的问题。

（三）仲裁中调解的艺术与技术

虽然仲裁中调解存在很多的困难，但是基于该种机制设立的渊源，我们认为还是可以借助很多技术和技巧改善上述困难，实现争议各方的多赢。

1. 倾注高度的关注

首先，给予充分的重视和准备，体现在调解前进行认真的案情分析，根据常识和借助于对企业背景和经营现状的了解。第二，让当事人感受到这种关注，令当事人惊讶调解员非常熟悉其所处的行业和困难。第三，表现出多个层次的倾听，充满关切和兴趣。这些其实是很容易做到的方面，只要付出一定的时间和精力即可实现。

2. 改善调解环境

如果条件许可，实际上可以尝试在启动仲裁中调解时转换一个房间，可以令参与方都可以感受到与庭审不同的宽松氛围，并配套类似商务谈判的设施，如咖啡、沙发音乐等，舒适度的对比，可以更直接展示以商业利益为核心的调解思路，此亦为调解的最便捷之路。

3. 选好调解的时机

在仲裁案件的庭审中，适当把握调解的阶段和节奏，个人认为在证据质证完成之后开展调解，可以最大的将法律事实勾勒在当事人眼前，使得当事人能够自我评估双方的利弊和利益，在这个阶段开展调解是最好的契机。

4. 寻找突破口

排除恶意缔约，大部分争议都有一个发生发展的过程，直至发展到最终无法平等协商，因此考虑到双方缔结合约时的合作诚意，终归可以寻找到一个核心利益，该利益要么是经济的，要么是政治的，要么是个人感情的（包括自尊等），但是都需要调解员借助敏锐的判断力对当事人公司和代理人等做出一个综合判断，以寻找开价的突破口、让步的突破口，资深的调解员甚至于可以破除冰川，令当事人各方重拾旧好。

5. 突出以商业利益为核心的调解思维

由于仲裁中调解的倾向性困扰，调解员在此中，应力推在商言商的经济思维模式，促使双方从过去、现在、未来的系统商业关系上做出自我最优评估，从而弱化法律规则的评估推理作用，最终走向和谐。如经常在建设过程法律纠纷调解中用到的欠付款利息、工期责任、仲裁费用和律师费用、机会成本与机会投资、时间成本、投资者相互关系等等。

中国市场经济发展的道路与美国等发达国家相比，时间较短，纯粹的商业理念并不刻骨铭心，有些场合还是以情意为先，一旦翻脸或导致仲裁诉讼，则宁可少要或不要商业利益，也要花钱买个正义和教训。但是，企业间合作本身就是为追求双赢商业价值而来，盲目感情用事只会错过机会和增加成本，因此，即使不能在每个案件中奏效，相信坚持这个思想也可以对传播调解的价值理念大有裨益。

6. 规避倾向性（elution orientation）

为了防止出现调解员与仲裁员身份重叠产生的不公正裁判，仲裁中的调解尤其要注意防范倾向性，主要的方法包括，更多的倾听、分层次紧逼型的提问、商业价值优先的理解交流、创造性的调解结果方案、行业发展的展望、以及部分调解先行等，紧紧围绕选择的核心突破口，逐个化解其中的分歧，并最终攻克堡垒。

总的来说，中国社会目前的司法和仲裁资源是比较有限的，包括优秀法院、仲裁机构以及杰出法官、仲裁员和调解员团队，而伴随飞速发展的市场经济又产生了众多的民商事纠纷，同时中华民族长期为追求和谐大统而固有的纠纷解决心态，导致采用调解方式来息讼止争的人文与经济的双向可能，笔者相信，在未来的纠纷解决机制的适用上，无论是一般调解还是仲裁中的调解，都将会有着广阔的发展空间。

仲裁动态

加强国际合作　共促仲裁发展
——纪念《纽约公约》制定 50 周年国际商事仲裁北京论坛落幕

2008 年 10 月 27 日，由北京仲裁委员会（"北仲"）主办，中国国际法学会、美国仲裁协会协办，国际律师协会、日本商事仲裁协会、英国皇家御准仲裁员学会、斯德哥尔摩商会仲裁院、新加坡国际仲裁中心、香港国际仲裁中心共同支持举办的"国际商事仲裁北京论坛——《承认及执行外国仲裁裁决公约》制定五十周年纪念大会"在北仲国际会议厅隆重举行。

最高人民法院、财政部、国务院国有资产监督管理委员会、中国国际法学会等相关部门的领导应邀参会。上海仲裁委员会、广州仲裁委员会通过远程视频互联参与了本次会议。国际商会、国际律师协会及美国、日本、蒙古等国争议解决机构成员，以及中国国际经济贸易仲裁委员会（"贸仲"）、渭南仲裁委员会等仲裁机构的嘉宾与部分大型国企、跨国公司的法律顾问、国内外著名律师事务所律师、高校科研机构的研究人员共计一百余人，共聚北京，藉《承认及执行外国仲裁裁决公约》制定 50 周年之际，回顾公约发展历程及其重要意义，研究五十年来公约在各国执行过程中遇到的问题，展望并分析争议解决领域的新趋势和新问题，以期共同促进国际商事争议解决的发展和进步。中央电视台、北京日报、法制日报、人民法院报等媒体到场采访。

1958 年 6 月 10 日，在联合国经济及社会理事会召集的会议上，国际商事仲裁会议在联合国总部纽约通过了《承认和执行外国仲裁裁决公约》，即《纽约公约》。在此后的 50 年间，该公约通过指导和促进承认及执行外国仲裁裁决的理论和司法实践，对各国立法，尤其是国际仲裁立法发挥了巨大的作用。随着经济贸易全球化发展，公约缔约国迄今已增至 142 个国家和地区。《纽约公约》在世界范围内获得的广泛认可及受到缔约国的普遍尊重和认真执行，使得公约在促进仲裁成为国际商事交往中当事人首选的争议解决方式这一进程中发挥了不可磨灭的作用。《纽约公约》因其非凡的影响和卓越的成就，跻身于迄今为止联合国制定的最为重要、最为成功的公约之一。中国于 1987 年向联合国提交了批准书，作了互惠保留和商事保留声明，加入了该公约。

北仲主任江平教授代表主办方致开幕词，他在致辞中提出，一国对外国仲裁裁决的承认态度和执行能力是影响该国国际形象的重要因素，我们享受《纽约公约》带来的丰硕成果的同时，也应当关注公约执行过程中存在的诸多现实问题，如对《纽约公约》中的"不可仲裁性"和"公共政策"等解释和其适用于不同国家和地区，乃至一国内部时还是存在很大差异等。他强调，这些问题的解决有赖于世界各国国际商事仲裁践行者的共同努力。共同促进国际商事争议解决机制的发展，是包括北仲在内的各个仲裁机构、争议解决机构的使命，也是一直以国际商事仲裁先进理念指导自己实践的北仲召集此次会议的主旨所在，我们应当以实际行动来纪念《纽约公约》通过 50 周年。

在为期一天的议程中，来自最高人民法院、国际商会仲裁院、贸仲以及各会议支持机构的共八位代表作了主题发言，会议并就"各国法院对仲裁的支持与监督"问题专门组织进行了小组讨论。

最高人民法院民四庭的王玥法官介绍了中国法院对外国仲裁裁决的承认与执行情况，就 2000－2007 年期间 12 个被中国法院拒绝承认与执行的仲裁裁决进行了系统分析，并提出了"仲裁协议的默示援引"、"非内国裁决的理解与适用"、"短员仲裁庭裁决"，以及对"公共政策"的理解等司法审查中有待深入研究的问题与大家进行了交流。

美国仲裁协会国际争议解决中心亚洲代表处主任 Jun Bautista 先生从《纽约公约》50 年前规定的文本分析，到多年来实践发展产生的新问题归纳，系统阐述了拒绝执行仲裁裁决的理由。外交学院国际法研究所所长、中国国际法学会常务理事卢松教授则考量了《纽约公约》并未明文规定的裁决撤销的情形，指出《纽约公约》与撤销仲裁裁决的诉讼有相关性，并对裁决的撤销机制产生法律后果。贸仲副主任兼秘书长于健龙先生介绍了中国国际商事仲裁的概况与展望。

斯德哥尔摩商会仲裁院秘书长 Ulf Franke 先生从仲裁机构的负责人的视角展望了机构仲裁的发展趋势，断言仲裁机构将扮演越来越重要的角色，提供更多的服务和程序帮助。他认为，机构间应进一步协调仲裁规则，使得未来当事人将争议提交不同仲裁机构解决不再有根本区别，而商界无疑会从仲裁机构的统一化中获益。Ulf Franke 先生表示，对于一个仲裁机构来讲，"拥有国际化的规则和程序是非常重要的，同样重要的是仲裁机构的规则和程序允许其他国家的仲裁员成为仲裁庭成员，这些北仲做得都非常好并因此越来越成为一家国际性的机构。"

英国皇家御准仲裁员学会主席郑若骅女士介绍了各国仲裁及多元化争议解决机制的最新发展情况。她认为，尊重当事人自治的原则在任何一种民间争议解决方式中都是普遍尊崇的，争议解决服务的第三方保持中立与公正是程序的基石。她表示，在构建仲裁和多元争议解决领域新秩序的过程中，应考虑中国及东亚的市场和方式。发言最后，郑若骅女士特别强调：仲裁员应当铭记，其职责是促进争议解决而非设法作出一份裁决。当事人无论采取哪种形式调解，仲裁庭均应当鼓励，并尽量为当事人考虑运用其它争议解决方式促进和解。而且，她关注到，欧盟 2008 年 4 月的指令要求欧盟各类司法系统在三年内必须引进调解，调解在该类地区将变得更为重要。

国际商会仲裁院亚洲地区主任鄺静仪女士介绍了《纽约公约》项下裁决在法国的承认与执行，及国际商会仲裁院仲裁的最新发展情况。国际律师协会仲裁专业小组负责人何蓉女士担任了联合国国际贸易法委员会"对《纽约公约》执行情况的调查"的区域负责人及调查员，她以翔实的数据介绍了《纽约公约》在全球的实施与多样化，并提出了程序统一化的诸多建议。与会专家表示，相信在联合国贸易法委员会的努力下，历时半个世纪之久的《纽约公约》将与时俱进、适应并促进国际商事仲裁更好的发展。

何蓉女士上世纪 70 年代末开始在中国工作，持续关注中国法治进程，特别是仲裁等领域的发展，经历了中国仲裁逐步推广并纳入立法的发展历程。在谈到中国仲裁的发展时她表示，"任何读过北仲仲裁规则的人都会意识到，北仲的仲裁规则比中国其他任何仲裁机构的仲裁规则都更契合国际惯例。我认为这是非常值得尊敬的。北仲在创造国际化环境方面的确是一位领航者。来自世界上任何地方的当事人都可以来中国仲裁，选择与国际惯例接轨的规则"。《纽约公约》的发展与各国法院对仲裁裁决的司法审查制度息息相关，因此会议特设"各国法院对仲裁的支持与监督"的研讨主题，在香港国际仲裁中心主席莫石先生主持下，日本商事仲裁协会执行理事大贯雅晴先生、澳大利亚国际商事仲裁中心副秘书长 Gabriel Moens 先生，以及新加坡国际仲裁中心副主席巫昱成先生一起进行了讨论。大家一致认同法院对仲裁的支持与监督的必要性与重要性，并普遍认为目前各国大多数法院做得很好。巫昱成先生表示，最高人民法院发言人的统计数字说明，中国对《纽约公约》的执行情况非常好。

　　与会外国嘉宾纷纷表达了对中国仲裁发展的赞叹，普遍表示，通过此次会议对中国仲裁发展有了更深入的了解和认识，希望能够与中国的争议解决机构建立更多联系，并谋求合作。从事实务工作的律师、企业法务人员和学者也纷纷表示，金融危机已经无可辩驳的彰显了世界经济间的紧密联系，任何一国经济要发展，其商事主体的活动都不可能局限于国内，因此，商事领域的争议解决服务必然要趋向国际化。中国乃至整个亚洲经济的发展对世界的影响力越来越不可忽视，相关的争议解决服务也应当激流勇进，在国际商事争议解决领域扮演更加重要的角色，这无疑将有利于增强中国企业的国际竞争力，提升和改善中国的商业环境和法治水平。莫石先生在接受中央电视台英语频道记者采访时表示："如果中国能够有其自己的仲裁员、仲裁机构和相应人员并能够为国际社会提供相关服务，那每个人都会感到欢欣鼓舞——而现在，中国做到了！"

　　会议最后，中国国际法学会秘书长秦晓程教授代表主办方致闭幕词，他表示，仲裁不仅在解决国际商事争议方面卓有成效，在解决国家之间的争端、国家与个人之间的投资争议方面也大有可为。国际、国内的仲裁人均应为构建和谐社会、共创美好世界多做贡献。

新闻综述

　　——2008 年 12 月 5 日到 7 日、12 日到 14 日，由北仲与美国 Pepperdine 大学 Straus 争议解决中心合作举办的第二期调解员培训班在北仲举行。2008 年 3 月，北仲与该中心合作举办第一期培训班后，学员反馈良好，因此北仲与该中心第二度合作，再次引入美国先进的商事调解文化、方法、技巧和经验。北仲希望通过该培训，使仲裁员、调解员能够全方位提高调解能力，为当事人提供更加高质量的服务。

　　——2008 年 11 月 25 日，由北仲主办、法制日报社与中国建筑业协会协办的"建材价格异动引发争议的预防与解决"研讨会在北仲国际会议厅举行。此次研讨会是在 2008 年建材市场因国内外种种因素导致价格产生"异动"，从而导致建筑行业及相关领域内大量纠纷的背景下，从关注市场变化、积极探讨如何预防和解决因建材价格异动导致的争议角度，在法制日报公司法务专刊和建筑业协会的推动下，北仲举办的关注市场之"争议预防与解决系列研讨会"的首期行业研讨会，旨在为相关领域的商事主体、法律服务业人士等提供预防与解决此类争议的建设性意见或思路。

　　——2008 年 11 月 22 日至 23 日，由中国国际经济贸易仲裁委员会和中国仲裁法学研究会举办的第二届"中国仲裁与司法论坛"暨中国仲裁法学研究会 2008 年年会在北京召开。在为期两天的议程中，与会人员就"仲裁事业发展与机构管理"、"仲裁理论与实务"、"多元纠纷解决机制"和"仲裁程序相关问题"四个专题进行了研讨。

——2008年11月14日，由最高人民法院主办，亚洲开发银行、李嘉诚基金会、汕头大学长江谈判和争议解决中心协办的多元纠纷解决机制国际研讨会在北京举行。最高人民法院常务副院长沈德咏出席研讨会并讲话。最高人民法院审委会专职委员景汉朝主持研讨会。该项目14个课题组成员、八家试点法院负责领导及相关科研机构人员参会。北仲王红松秘书长应邀出席并作了"如何构建完备的多元化纠纷解决机制"的主题发言。

——2008年全国仲裁工作年会于2008年11月11日至13日在济南召开。国务院法制办等国家有关部门及单位、全国各仲裁机构的负责人及有关工作人员280多人参加了会议。山东省政府法制办主任高存山，济南市政府副市长齐建中出席开幕式并致辞，北仲王红松秘书长参加会议。

——2008年10月28日至30日，北仲与英国皇家御准仲裁员协会东亚分会合作举办了首期"国际商事仲裁培训课程班"。北仲60余名仲裁员和部分在京国有大型企业、涉外企业的法律负责人、律师事务所律师、其他仲裁机构的仲裁员等共计90余人参加。参加该次培训并通过其考试，可以获得英国皇家御准仲裁员协会相当于中级水准的会员资格。鉴于本次培训所取得的良好效果，并根据仲裁员和法律实务界人士的反馈意见，北仲将继续拓展与英国皇家御准仲裁员协会在国际商事仲裁培训领域的合作。

——2008年10月18日至19日，"改革开放三十年与中国国际私法暨2008年中国国际私法学会年会"在北京召开，北仲王红松秘书长作为学会副会长应邀参会，并在大会报告阶段作了"关于仲裁发展方向的几个问题"的主题发言。

——2008年9月18日，由北仲和美国培普丹大学法学院施特劳斯争议解决研究所共同举办的"东西方调解实践技巧与经验比较研讨会"（远程视频会议）在北仲召开，主要研讨内容为比较调解中应当运用的技巧与避免的陷阱以及中国发展独立调解所面临的机遇与挑战等问题。本次研讨会是北仲推出调解规则以来，立足实践为了更好的完善调解服务，推动独立调解的发展而进行的一次务实研讨，通过此次会议，东西方调解思维再次交锋、融合，东西方调解员和调解从业者加深了了解，从一定程度上有利于推动中国调解制度的发展，进而推动多元化纠纷解决机制完善，满足当事人纠纷解决的多元化需求。

——2008 年 8 月 28 日，北仲第五届三次主任委员会议顺利召开，本次会议通过了新修订的《仲裁员报酬支付办法》和新增的仲裁员名单。修订的《仲裁员报酬支付办法》提高了仲裁员报酬支付标准，自 2008 年 9 月 1 日起实施。新增的 29 名仲裁员中有 5 位台湾籍仲裁员，2 名外籍仲裁员。目前北仲共有 364 名仲裁员，其中台湾籍 8 名，外籍仲裁员 57 名。

——2008 年 8 月 20 日，国际体育仲裁院北京奥运会特别仲裁院［ad hoc Division of the Court of Arbitration for Sport（CAS）］一行十人在该院主席 Dr. Robert Briner 先生的率领下应邀来访北仲。王红松秘书长向 Briner 先生及前来参观的 CAS 的仲裁专家介绍了北仲近年发展和国际商事仲裁业务开展情况。Briner 先生高度评价北仲的成功发展，并代表国际体育仲裁院北京奥运会特别仲裁院和国际体育仲裁院秘书长 Matthieu Reeb 先生向北仲赠送了礼物，表达了对北仲的感谢和美好祝愿。

征稿启事

　　《北京仲裁》由北京仲裁委员会主办，以关注、探讨我国仲裁制度建设中的重大理论和实务问题为宗旨。《北京仲裁》为季刊，每年出版四辑，下设"专论"、"仲裁讲坛"、"比较研究"、"调解专栏"、"仲裁实务"、"案例分析"等栏目。

　　本刊编辑部欢迎广大读者向本刊投稿，投稿前请仔细阅读以下注意事项：

　　1. 来稿请参照《北京仲裁》写作规范，并写明作者姓名、职称、职务、所在单位的详细名称、通信地址、邮政编码；来稿请附英文标题、不超过200字的内容提要及3－5个关键词；

　　2. 来稿应严格遵守学术规范，如出现抄袭、剽窃等侵犯知识产权的情况，由作者自负责任；

　　3. 为扩大本刊及作者信息交流渠道，本刊已被CNKI中国期刊全文数据库收录，作者著作权使用费与本刊稿酬将由本刊编辑部一次性给付。若作者不同意文章被收录，请在来稿时书面声明，以便本刊做适当处理；作者未书面声明的，视为同意本刊编辑部的上述安排；

　　4. 投稿方式：将电子文本发送至本刊投稿邮箱 bjzhongcai@ bjac. org. cn。由于编辑部人手有限，来稿一般不予退还。如在两个月内本刊未发出用稿或备用通知，请作者自行处理；

　　5. 所有来稿一经采用，即奉稿酬（100元/千字，特约稿件150元/千字）。

《北京仲裁》编辑部

2008 年 12 月